우리들의
아지트

우리들의 아지트

초판 1쇄 발행 2024년 12월 20일

지은이 김흰돌
그린이 모차

펴낸곳 뜨인돌출판(주) | 출판등록 1994.10.11.(제406-251002011000185호)
주소 10881 경기도 파주시 회동길 337-9
홈페이지 www.ddstone.com | 블로그 blog.naver.com/ddstone1994
페이스북 www.facebook.com/ddstone1994 | 인스타그램 @ddstone_books
대표전화 02-337-5252 | 팩스 031-947-5868

펴낸이 고영은 박미숙
편집이사 인영아 | 책임편집 류효주 | 외부편집 스튜디오플롯
디자인 이기희 이민정 | 마케팅 오상욱 김정빈 | 경영지원 김은주

ⓒ 2024 김흰돌, 모차

ISBN 978-89-5807-050-4 73810

어린이제품안전특별법에 의한 제품표시
제조자명 뜨인돌출판(주) **제조국명** 대한민국 **사용연령** 8세 이상

우리들의 아지트

김흰돌 글 ✦ 모차 그림

뜨인돌어린이

차례

어디든 갈 수 있는
길모퉁이 빵집

'처음 보는 골목길이네.'

공부방에 가는 길이었다. 낯선 골목을 발견한 다희는 걸음을 멈추었다.

다희가 이 동네에 이사 온 지도 두 달이 지났다. 이제는 공부방으로 가는 길도 눈에 익었다고 생각했는데, 지금 이 골목은 여태껏 한 번도 보지 못했다.

다희는 좁은 골목의 끝에 무엇이 있을지 궁금했다.

그 순간, 골목길 안쪽에서 시원한 바람이 훅 불어왔다. 바람결에 고소한 빵 냄새가 묻어났다. 다희는 바람에 이끌리듯 골목

안으로 들어갔다.

'이 골목을 지나면 어떤 길이 나올까?'

비좁은 골목 너머로 푸른 하늘이 보였다.

'오솔길 같은 게 나오면 좋겠다. 나무 사이로 시원한 바람
이 부는 그런 길.'

그러자 골목이 끝나고 나무가 있는 오솔길이 나왔
다. 나무 사이로 서늘한 바람이 불었다.

'그러고 보니 오늘 학교에 쿠키를 사 간 건 그랬어.'

다희가 생각하자, 어느덧 오솔길이 사라지고 빨간 지붕이 인상적인 가게가 나타났다. 다희는 간판에 적힌 글씨를 읽었다.

"어디든 갈 수 있는 길모퉁이 빵집."

다희는 문을 밀고 빵집에 들어갔다. 문에 매달려 있는 노란 종에서 딸랑딸랑 맑은 종소리가 울려 퍼졌다.

"아무도 안 계세요?"

주변을 두리번거렸지만 빵집 안에는 따끈따끈해 보이는 빵만 가득 쌓여 있을 뿐, 주인은 보이지 않았다. 다희는 작은 초콜릿이 촘촘히 박혀 있는 쿠키를 골라 계산대에 올려놓았다.

"정말 아무도 안 계세요? 계산하고 싶어요."

그때 다희의 등 뒤에서 딸랑 소리가 났다. 빵집 주인이 왔을 거라는 기대와 달리, 등 뒤에 서 있는 사람은 같은 반 친구인 승우였다.

"아, 안녕?"

다희가 어색하게 손을 들었다.

"안녕?"

승우가 야구 모자의 챙을 만지작거리며 대답했다.

다희가 승우와 학교 밖에서 만난 것은 처음 있는 일이었다.

또 앞으로도 없을 일이었다. 승우는 내일부터 다른 학교에 다닌다. 버스로 다섯 정거장이나 지나야 하는 곳으로 이사를 간다고 했다.

그래서 오늘 점심시간 내내 반 아이들은 교실 뒤에서 승우를 둘러싸고 있었다. 모두 승우와 인사를 한다고 바빴다.

승우는 공부를 잘 못하고 재미있지도 않지만 신기하게 아이들에게 인기가 많았다. 의리가 있고 입이 무거운 데다가 의외로 다정한 면도 있어서였다.

오늘 다희도 몇 번이고 승우와 이야기하는 무리에 들어가려고 했다. 다희는 내일이면 교실에 없을 승우에게 하고 싶은 말이 있었다.

하지만 다희는 말할 기회를 번번이 놓쳤고, 그렇게 학교 수업도 끝나 버렸다. 그런데 생각지도 않은 낯선 빵집에서 승우와 만난 것이다.

승우는 다희가 서 있는 계산대 앞으로 다가왔다.

"이 가게 이상하지 않아? 논밭 사이에 빵집이 있다니 말이야."

승우가 나희를 빤히 쳐다보았다.

다희는 얼굴이 빨개질 것만 같아서 고개를 돌리고 대답했다.

"논밭이라니? 여긴 오솔길 끝에 있는 빵집이잖아."

승우는 인상을 찌푸렸다.

"이상하다. 나는 분명 할아버지 댁 근처를 돌아다니고 있었는데……."

빵집 곳곳을 훑어본 승우가 들어왔던 문 반대편에 있는 또 다른 문을 발견했다. 들어왔던 문이 유리문이었던 것과 다르게, 반대편에 있는 문은 단단해 보이는 나무문이었다.

"이리 와 봐."

승우가 다희를 불렀다.

다희는 나무문에 붙어 있는 쪽지를 읽어 보았다.

'가고 싶은 곳을 머릿속에 떠올리고 문고리를 돌리세요. 단, 지금까지 가 봤던 장소에만 갈 수 있습니다.'

"가고 싶은 곳 있어?"

승우가 물었다.

다희는 곰곰이 생각했다.

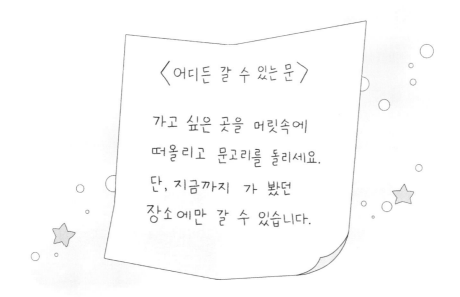

〈어디든 갈 수 있는 문〉

가고 싶은 곳을 머릿속에
떠올리고 문고리를 돌리세요.
단, 지금까지 가 봤던
장소에만 갈 수 있습니다.

"동물원?"

"한번 해 보자."

다희는 지난봄에 갔던 동물원을 떠올렸다. 전학 오기 전, 단짝 민서와 함께 갔던 장소였다.

문고리를 잡아 돌리자 문밖에서 눈부시게 하얀빛이 한가득 쏟아졌다. 다희는 눈을 질끈 감고 밖으로 발을 내디뎠다.

승우도 다희의 뒤를 따랐다. 등 뒤에서 쾅! 하고 문이 닫히는 소리가 들렸다.

"우아!"

실눈을 뜨자 눈앞에 원숭이 우리가 있었다. 우리 안에서 원숭이들이 낄낄거리며 나무를 옮겨 다녔다.

승우가 소리치며 앞으로 뛰어갔다.

"부엉이! 토끼! 타조도 있어! 진짜 동물원이네!"

다희도 승우의 뒤를 따라갔다. 다희가 생생하게 기억하고 있는, 민서와 함께 갔던 그 동물원의 모습 그대로였다.

다만 동물원에는 동물만 있을 뿐 다른 사람의 인기척은 느껴지지 않았다. 동물원에는 다희와 승우뿐이었다.

승우가 미어캣 우리 울타리에 팔을 괴며 말했다.

"네가 생각했던 동물원이 여기 맞아?"

"응. 전학 오기 전에 단짝 친구랑 자주 왔던 동물원이야."

다희는 미어캣 우리 앞에 있는 승우를 보니 단짝 민서가 더욱 보고 싶어졌다. 민서는 미어캣을 좋아했다. 두 발로 설 때 균형을 잡아 주는 가늘고 긴 꼬리가 귀엽다고 했다.

"그 문이 진짜인가 봐. 우린 어디든 갈 수 있는 거야."

승우가 들뜬 목소리로 말했다.

"너는 어디 가고 싶은 데 있어?"

다희의 질문에 승우의 얼굴이 천천히 굳어졌다.

"글쎄. 나는 항상 해외여행을 가고 싶었어. 프랑스나 미국 같은 곳 말이야. 그런데 지금까지 가 봤던 곳 중에서 고르려고 하니까 모르겠어. 나는 부모님이 항상 바빠서 여행을 많이 못 가 봐서…….”

승우가 말꼬리를 흐렸다.

다희는 승우의 마음을 알 것 같았다. 전학 오기 전 다희도 그랬다. 앞으로 가고 싶은 곳은 많았지만 다시 가고 싶은 곳은 없었다.

매일이 비슷했다. 평일에는 학교, 집, 공부방을 돌고 주말에는 가끔씩 영화관이나 놀이공원에 갔다.

어렸을 때는 부모님과 동물원에 가는 것을 좋아했지만, 학년이 올라갈수록 동물원에 가는 일도 즐겁지 않았다.

동물원은 작고 오래된 데다가 관리가 잘되는 편도 아니었다. 칠이 벗겨진 벤치는 몇 년째 그대로였으며 새로운 동물이 들어오는 일은 없다시피 했다.

하지만 조금 더 크고 나서는 심심할 때마다 동물원에 갔다. 가깝다는 이유 하나 때문이었다. 한낮의 더위가 가신 밤에는 부모님과 산책 삼아서 가기도 했고, 하교 후 친구들끼리 어울리기 시작하자 친구들과 같이 갔다. 6학년이 되어서는 누가 동물원에 가자고 하면 자연스럽게 “또 거기야?”라는 말이 나왔다.

하지만 다희가 선학 온 다음부터 동물원은 더 이상 가고 싶다고 갈 수 있는 곳이 아니었다. 이제 다희가 할 수 있는 일이라고는 민서와 동물원에서 함께 보낸 시간을 곱씹어 보는 것뿐이었다. 동물원 곳곳을 함께 거닐면서 나눈 시시콜콜한 이야기와 민서가 좋아했던 미어캣을 흉내 내며 집으로 돌아오던 기억의 조각을 다희는 몇 번이고 떠올리며 그리워했다.

그날을 회상하니 단짝 민서가 더욱더 보고 싶었다.

"가고 싶은 곳이 또 생겼어."

다희의 말에 승우가 고개를 끄덕였다.

"가자."

"그런데 문은 어디에 있지?"

"우리가 문을 열고 나왔던 곳으로 돌아가서 찾아보자."

다희와 승우는 원숭이 우리 앞으로 갔다. 그렇지만 원숭이 우리 앞에는 아무것도 없었다.

"어디 있지? 이런 데 있나?"

승우가 바닥에 납작 엎드려서 벤치 아래를 살펴보았다. 벤치 아래에도 문은 없었다.

그때 미어캣 우리로부터 시원한 바람이 훅 불어왔다. 바람을 타고 달콤한 빵 냄새가 났다.

다희는 승우를 만나기 전에 지난 이상한 골목길을 떠올렸다. 오솔길이 나왔으면 좋겠다고 생각하니 오솔길이 나왔다. 쿠키를 사고 싶다고 생각하니 빵집이 나왔다.

'그렇다면?'

다희는 작게 중얼거렸다.

"어디든 갈 수 있는 문이 있으면 좋겠다."

그러자 승우의 등 뒤로 어디든 갈 수 있는 문이 생겼다. 고개를 든 승우가 깜짝 놀랐다.

"어떻게 한 거야?"

다희는 살포시 웃었다.

"따라와."

다희는 가고 싶은 곳을 떠올리며 문고리를 돌렸다. 문 너머에서 눈부신 빛이 쏟아졌다. 또다시 다희와 승우는 문밖으로 발을 내디뎠다.

새롭게 펼쳐진 곳은 넓은 운동장이 딸린 학교였다.

"여기는……."

"내가 예전에 다녔던 학교야. 나는 교실에 좀 다녀올게. 잠깐만 기다리고 있어!"

다희는 학교 건물을 향해서 뛰었다.

'혹시 여기라면 민서를 만날 수 있지 않을까?'

가슴이 두근거렸다.

하지만 동물원에서 그랬듯이, 학교 운동장에는 아무도 없었

다. 운동장에는 다희와 승우뿐이었다. '어디든 갈 수 있는 문'은

어디든 데려가 주지만 그곳에 있는 사람을 만날 수는 없는 것 같았다.

그래도 혹시 모를 기대를 품고, 다희는 복도 계단을 한꺼번에 세 칸씩 뛰어올랐다. 다희가 찾은 곳은 4층에 있는 6학년 1반 교실이었다.

교실 뒷문에 선 다희는 숨을 골랐다.

'민서가 있으면 좋겠어. 민서를 만나고 싶어.'

다희는 기도하듯 잠시 두 손을 모았다가 떼고는, 교실 뒷문을 열었다.

"드르륵!"

하지만 교실에는……. 아무도 없었다. 빈 교실에는 나란히 줄 맞춘 책상과 의자만 있었다.

다희는 자신이 예전에 썼던 책상을 찾아보았다. 왼쪽 모서리에 칼로 진하게 긁힌 자국이 있어서 찾기 쉬울 거라고 생각했다. 하지만 1분단부터 3분단까지 샅샅이 훑어도 다희의 책상은 보이지 않았다.

'그러고 보니 책상이 스물다섯 개네.'

다희가 전학 가기 전 교실에는 스물여섯 개의 책상이 있었다. 그 말인즉 다희가 전학 간 다음 다희의 책상을 빼 버렸다는 뜻

이있다.

긴 한숨이 새어 나왔다. 왜인지 모든 게 다 재미없어졌다. 다희는 신나게 계단을 올라갔을 때와는 반대로 다리를 무겁게 끌며 계단을 내려왔다.

현관 밖으로 나오는 다희에게 승우가 손을 흔들었다.

"내가 미끄럼틀 밑에서 재밌는 거 찾았어!"

"됐어! 난 그냥 돌아갈래!"

다희가 운동장을 가로지르며 소리치자 승우가 맞받아치듯이 소리 질렀다.

"여기, 네 이름이 있다고!"

다희는 잠시 멈춰 섰다가 승우가 있는 미끄럼틀 쪽으로 몸을 돌렸다.

둘은 미끄럼틀 아래 쪼그려 앉았다. 승우는 미끄럼틀 뒤에 붙어 있는 작은 스티커를 가리켰다.

"봐 봐. 내 말 맞지?"

별 모양의 보라색 스티커에는 '다희☆민서 우리 우정 영원히!'라는 글씨가 네임펜으로 쓰여 있었다.

다희는 멍한 얼굴로 네임펜으로 적힌 글씨를 매만졌다.

스티커를 보자 기억이 났다. 벌써 2년 전 일이었다. 다희가 민서에게 별 모양의 스티커를 선물하자, 민서는 스티커에 글씨를 써서 미끄럼틀 밑에 붙였다. 두 사람만의 비밀이었다.

　다희도 잊고 있던 비밀이 아직까지 미끄럼틀 밑에 숨어 있었다. 다희는 그게 이상할 정도로 기뻤다.

　잠시 후, 승우가 다희를 보며 말했다.

　"너에게 부탁할 게 있어. 문 좀 열어 줄래? 나도 가고 싶은 데가 생겼어."

　다희는 고개를 끄덕였다. 다희의 등 뒤로 '어디든 갈 수 있는 문'이 생기자, 이번에는 승우가 문고리를 돌렸다. 다희는 승우를 따라서 눈부신 빛을 향해 걸어갔다.

다희는 눈을 빠르게 깜빡거렸다. 두 아이가 도착한 곳은 다희
와 승우가 함께 공부하던 교실이었다.

다희는 사물함 앞을 기웃거리다가 자신의 자리에 가서 앉았
다. 곧이어 의자 끄는 소리가 들리더니 다희의 뒷자리에 승우가
앉았다. 거기가 승우가 앉던 자리였다.

"네가 예전에 다녔던 학교에 가니까 생각났어. 우리 교실, 내
가 앉았던 이 자리에 오고 싶더라고."

승우가 말했다.

"이 자리 좋았어. 뒷자리여서 앞에 있는 애들이 잘 보였거든.

수업 시간에 지루하면 우리 반 애들을 구경했어. 정환이는 오늘
도 필통을 안 가져왔구나. 민규는 어제랑 같은 양말을 신고 왔
네. 그리고 다희는, 오늘도 하늘색 방울 머리끈을 하고 왔어."

다희의 얼굴이 순식간에 새빨개졌다. 다희는 승우의 얼굴을
보고 싶었지만 빨개진 얼굴 때문에 뒤를 돌아볼 수가 없었다.

"잊지 못할 거야."

승우가 말을 끝맺었다. 다희는 겨우 입을 열어, "나도."라고 대
답했다.

잠시 후 승우와 다희는 교실을 빠져나왔다. 어깨를 나란히 하
며 약속이라도 한 듯 같은 방향으로 걸었다.

둘은 어디든 갈 수 있는 길모퉁이 빵집으로 돌아왔다.

빵집에는 여전히 갓 구운 듯한 빵이 가득 쌓여 있었고 주인은
없었다. 이곳만 시간이 멈춰 버린 것 같았다.

다희는 계산대 앞으로 걸어갔다. 계산대 위에는 아까 올려 둔
초코칩 쿠키가 그대로 있었다.

다희는 초코칩 쿠키를 바라보며 뭔가를 떠올리듯 가만히 서
있었다. 그리고 메모지와 연필을 찾아 글씨를 썼다.

'초코칩 쿠키값은 이곳에 두고 갈게요.'

다희는 돈을 계산대에 올려 둔 뒤, 한 손으로 쿠키를 챙겼다.

"쿠키 먹으려고?"

승우가 물었다.

다희는 고개를 가로젓고는 승우에게 쿠키를 내밀었다.

"이거 너에게 주는 선물이야. 내가 처음 전학 온 날, 나한테 쿠키 양보해 줘서 고마웠어."

'드디어 말했다!'

이 말은 승우가 전학을 간다고 한 날부터 줄곧 마음에 담아 둔 말이었다. 아니, 다희가 전학 온 첫날부터 승우에게 꼭 하고 싶었던 말이었다.

다희가 전학 온 날, 급식 후식으로 작은 초콜릿이 박혀 있는 쿠키가 나왔다. 쿠키는 다희를 뺀 원래 반 학생 수에 딱 맞게 도착했다.

자신의 몫이 없는 걸 확인한 다희는 쿠키를 받지 않았다. 그렇지만 쿠키가 없는 자리가 유독 크게 느껴졌다.

'쿠키가 먹고 싶은 건 아니야. 어차피 초콜릿은 좋아하지 않으니까. 하지만 나만 전학생이라고 따로 취급받는 느낌이 싫어. 혼자 떨어져 있는 것만 같아.'

그때 승우가 다희에게 쿠키를 주었다. 별다른 생색도 내지 않고, "이거 너 먹어."라며 쿠키를 건넸다.

다희는 속마음을 들킨 것 같아서 아무 대답도 하지 못했다. 하지만 속으로는 무척이나 기뻤다. 새로운 학교에서의 생활이 괜찮을지도 모른다는 기대가 생겼다.

이제 다희는 승우의 새로운 학교생활이 괜찮기를 바랐다.

승우가 웃으며 쿠키를 받았다. 그리고 뭔가 더 할 말이 있는 것처럼 야구 모자의 챙을 한참 만지작거리더니, 결국 "이만 갈게."라는 말만 남기고 빵집 유리문을 열고 나갔다.

승우가 나간 자리에 딸랑딸랑 종소리가 길게 울려 퍼졌다. 그

종소리가 마치 "안녕."이라는 말처럼 들렸다.

다희는 빵집을 나와서 오솔길을 지나고 골목길을 거쳐서, 공부방으로 가는 큰길에 들어섰다.

평소와 다를 것 없는 길이었다. 왼쪽에는 돌담이, 오른쪽에는 은행나무가 서 있었다. 은행나무 건너편에 보이는 도로에는 차들이 쌩쌩 달렸다.

다희는 사거리에 멈춰 섰다.

횡단보도에 파란불이 깜빡이다가 꺼지면 다음은 차도에 좌회전 신호가 들어왔다. 좌회전이 끝나면 직진 신호가 켜졌다. 이제는 신호의 순서도 다 외운 길, 공부방에 가는 길은 익숙해진 지 오래였다.

'하지만……, 언젠가는 이곳에 다시 오고 싶겠지.'

다희는 생각했다.

그리고 골목길과 오솔길과 빵집을, 동물원과 옛 학교 운동장과 텅 빈 교실을 떠올렸다.

어디선가 시원한 바람이 훅 불어왔다.

돌아가고 싶은 곳이 또 생겼다.

문제하를 위한
변명

어떤 말로 시작해야 할까?

"문제하는 문제아가 아닙니다."

너무 장난스럽다.

"문제하는 잘못한 게 없습니다."

이번 일은 제하가 잘못한 게 맞다.

앞으로 10분 뒤면 학교 폭력 대책 심의 위원회가 열린다. 피해 학생은 우리 반 반장 강일우고, 가해 학생은 내 친구 문제하다.

긴급한 상황인데도 불구하고 제하는 평소와 다를 바 없이 철봉에 거꾸로 매달려 있었다. 박쥐처럼 대롱대롱 매달린 채로 한

번씩 팔을 크게 휘젓는 게 전부였다.

안절부절못하고 발을 동동 구르는 건 오히려 나였다.

"무슨 말을 할지 잘 생각해. 엄마는 오신대?"

제하는 별일 아니라는 듯 대답했다.

"어떻게 알아."

"아빠는?"

"몰라. 선생님이 연락했겠지."

"문제하! 너 이러면 안 된다니까. 잘못하면 강제 전학 갈 수도 있대."

나는 제하가 매달려 있는 철봉을 쾅 내리쳤다. 제하는 철봉에서 내려와 바닥에 두 발을 딛고 말했다.

"전학, 까짓것 가면 되지."

속이 부글부글 끓었다. 나는 운동장에 있는 모래를 한 움큼 쥐어서 제하에게 뿌렸다.

"함부로 말하지 마."

운동장에 제하를 혼자 남겨 두고 교문을 나섰다.

'문제하는 문제아가 아니다.'

나는 아무나 붙잡고 그렇게 말하고 싶었다.

작년까지만 해도 제하는 눈에 잘 띄지 않는 아이였다. 공부는 못했지만 운동은 잘했다. 교실에서는 있는 듯 없는 듯한 아이가 운동장에 나가면 누구보다 재빠르게 뛰어다녔다.

그런 제하가 5학년이 되면서 변했다. 제일 먼저 도드라진 건 지각이었다. 일주일에 하루 늦게 오던 게, 일주일에 이틀, 아니 사흘로 늘어났다.

처음에는 나긋나긋한 말로 타이르던 선생님도 점점 목소리를 높였다. 마침내 제하가 한 주 내내 하루도 빠지지 않고 지각을 하자, 선생님은 이렇게 말했다.

"문제하 이 녀석, 문제'하'가 아니라 문제'아'잖아. 이름을 바꿔 불러야겠어!"

그 뒤로 제하에게는 문제아라는 별명이 생겼다. 아이들은 제하를 '문제아' 또는 '문제'라고 불렀다.

처음에는 나도 제하의 편에 서서 아이들과 맞섰다. 하지만 단짝 민지에게마저 "너 문제하 좋아하지?"라는 말을 듣고는 편드는 걸 포기했다. 남자애랑 여자애가 같이 다니면 무조건 서로 좋아하고 사귀는 줄 아는 아이들에게는 미안하게도, 나와 제하는 유치원 때부터 알고 지낸 소꿉친구였다.

그렇지만 제하의 지각은 사건의 시작에 불과했다. 제하가 선생님에게 진짜 문제아로 찍힌 일은 따로 있었다.

6교시 도덕 시간이었다. '책임을 다하는 삶'이라는 주제로 글을 썼다. 발표할 시간이 되었지만 주제가 어려웠던 탓에 아무도 손을 들지 않았다.

아이들은 서로 눈치만 봤다. 결국 선생님이 발표 통에서 번호를 뽑았다.

"13번. 문제하 발표해 보자."

그러나 제하는 자리에서 일어나지 않고 고개만 푹 숙이고 있
었다.

"잘 못 썼어도 괜찮아. 제하야, 그냥 활동지에 쓴 걸 큰 소리
로 읽으면 돼."

선생님이 나직이 말했다.

그렇지만 제하는 꼼짝도 하지 않았다.

"쓰긴 썼어?"

제하는 고개만 끄덕였다.

"그럼 뭐가 문제야? 제하야, 일어나서 선생님 얼굴 좀 봐 봐."

교실의 공기가 찬물을 뿌린 듯 차가워졌다. 제하는 쭈뼛거리
며 자리에서 일어났다.

"읽어 봐."

"……."

"읽으라니까."

"……."

반장을 포함해 제하 주변에 있는 아이들도 "제하야, 읽어.",
"너 읽을 줄 알잖아.", "그냥 읽어."라고 한마디씩 보냈다.

미침내 제하가 입을 열어 활동지에 써 온 글을 읽었다.

"제목, 책임을 다하는 삶. 나는 도덕 시간에 책임이란 '맡아서 해야 할 임무나 의무'라고 배웠다. 그런데 우리가 꼭 책임을 져야 할 필요가 있을까? 어른들은 책임을 다하지 않는다. 자기가 하고 싶은 일만 한다. 멋대로 결정하고 바꾼다. 그러면서 어린 우리들에게만……, 책임을 지라고 하는 건……, 어른들의 잘못이다."

뒤로 갈수록 제하의 목소리가 바들바들 떨렸다. 제하는 울고 있었다.

선생님은 제하를 교실 밖으로 데리고 나갔다. 제하가 나가자 교실은 삽시간에 소란스러워졌다.

"문제아 왜 저런대? 담임 쌤한테 죽고 싶은가 봐."

그도 그럴 것이 우리 반 선생님은 아이들 모두가 무서워했다. 손은 곰 발바닥같이 두툼했고, 다리는 코끼리만큼 두꺼웠다. 무엇보다도 키가 어찌나 큰지, 교실 앞문을 통과하려면 머리를 숙여서 들어와야만 했다.

3월 첫날, 교실에 나타난 선생님을 본 아이들은 전부 놀랐다. 교실 뒤편에서 잡기 놀이를 하며 뛰어다니던 아이들을 향해 선생님이 고함을 치자, 너무 놀란 친구 하나는 온몸에 털이 다 쭈

뻣 섰다고 했다.

그때까지만 해도 아이들은 무서운 담임 선생님과 최악의 1년을 보내게 될 거라고 예상했다.

하지만 얼마간 지내보니, 무섭기만 한 선생님은 아니었다. 수업 내용을 설명할 때는 웃긴 농담도 자주 던졌고, 체육 시간에는 처음 해 보는 재미있는 놀이도 많이 알려 주었다.

다만 위험한 행동이나 반의 분위기를 흐리는 행동을 하면 선생님은 가차 없이 호통을 치며 무서운 모습을 보였다. 작년까지만 해도 말썽을 피우던 아이들도 선생님의 기준을 알아채고는 지나친 장난을 치지 않았다.

이제 우리 반에서 선생님 말을 따르지 않는 건 한 명뿐이었다. 겁도 없고 눈치도 없는 문제하말이다.

그때였다.

"야, 너희도 떠들지 말고 자습해."

반장 강일우가 앞으로 나갔다. 강일우는 떠드는 아이의 이름을 칠판에 적었다. 교실은 다시 조용해졌다. 반장의 힘이 이렇게 대단했다.

강일우는 내가 본 반장 중, 가장 반장다운 반장이었다. 작년만 해도 반장이 "조용히 해!"라고 소리치면 다른 아이들은 도리어

"너나 조용히 해!"라고 외쳤다. 반장이 "선생님께 이를 거야!"라고 하면 "일러라, 일러!"라고 부추기는 게 애들이었다.

반면 올해는 반장 선거부터 달랐다. 일우가 반장 후보로 나서자 더 이상 반장을 하겠다고 나서는 애가 없었다. 선생님이 아이들을 한참 타이르고 나서야 한 여자애가 겨우 손을 들었다.

그러나 선거의 결과는 예상대로였다. 일우는 27명의 아이들에게서 24표라는 압도적인 표를 받고 당선됐다.

일우는 뭐든지 1등이었다. 공부도 1등, 발표도 1등, 키 큰 것도 1등, 심지어 성이 '강' 씨여서 출석 번호도 1번이었다. 나는 몰랐지만 1학년 때부터 줄곧 반장을 했다고 들었다.

남자애들은 일우의 말에 꼼짝도 못 했다. 일우가 하자는 대로 따라 움직였다. 여자애들은 일우를 좋아하거나, 싫어하거나 둘 중 하나였다. 잘생기고 똑똑하다며 좋아하는 애들과 자기만 아는 이기주의자라며 싫어하는 애들이 있었다.

"문제아 때문에 괜히 수업 분위기만 망치고 말이야."

일우가 인상을 찌푸리며 말했다.

나는 그 말이 기분 나빴다. 불길한 예감이 들었다.

선생님과 제하가 교실로 돌아오자 도덕 수업이 끝났다. 종례와 청소를 마치고 운동장에 나가니 철봉에 매달린 제하가 눈에 띄었다.

"무슨 일 있어?"

"그냥."

"넌 우리 선생님 안 무서워? 애들은 다 선생님 무서워하는데."

제하가 입을 꾹 다물었다.

나는 갑자기 제하가 멀게 느껴졌다. 내가 알던 문제하가 아닌 것 같았다.

"너 자꾸 왜 이래. 이러다가 선생님이 엄마 모셔 오라고 하면 어쩌려고."

나는 제하를 다그쳤다. 그러자 전혀 예상하지 못한 대답이 돌아왔다.

"지금 우리 엄마 없어."

"뭐?"

"우리 엄마 사라졌다고."

"그게 무슨 소리야?"

"엄마 집 나갔어."

"왜?"

"나야 모르지. 아빠는 일 안 나가고 집에서 술만 마시고, 엄마는 안 들어와. 내 전화도 안 받고."

제하가 덤덤하게 말했다. 나는 제하의 표정을 살피고 싶었지만 제하가 철봉에 거꾸로 매달려 있어서 그럴 수 없었다.

나는 철봉에 기대서며 물었다.

"엄마 때문에 도덕 시간에 그렇게 글 쓴 거야?"

"그건 뭐……."

제하가 말을 흐렸다.

"선생님한테도 이 얘기했어?"

"아니."

"말씀드려야지. 아까 교무실에서는 무슨 얘기했어?"

"그냥 가만히 있었어."

나는 철봉 아래 쪼그려 앉았다. 가슴이 답답했고 체한 것처럼 목구멍이 꽉 조였다.

제하가 철봉에서 내려와 가방을 멨다. 제하는 팔다리를 아래로 축 늘어뜨리고 터덜터덜 걸어갔다. 해가 지려면 아직 멀었는데도, 제하의 등 뒤로 해가 지는 것 같이 슬픈 기분이 들었다.

그날 이후 제하는 변했다. 아이들과 자주 시비가 붙었고, 사소한 일에도 소리를 지르고 주먹을 내질렀다. 아이들은 제하를 알게 모르게 따돌렸다.

그중 누구보다도 제하를 싫어한 사람은 반장 일우였다. 일우는 평소에 제하와 말도 섞지 않았지만, 제하가 작은 실수를 저지르면 기다렸다는 듯이 앞장서 제하를 비웃었다. 일우는 제하를 얕잡아 보는 것이 자신의 잘못이 아닌, 자신에게 얕잡힌 제하의 잘못이라고 생각하는 것 같았다.

일우의 마음속에는 제하를 싫어하는 장작이 차곡차곡 쌓여 가는 것처럼 보였다. 그러다가 마침내 그 장작에 불을 붙인 사건이 일어났다.

"체험 학습 참가 신청서가 나왔다. 내일까지 체험 학습 갈 건지, 말 건지 정해서 부모님 사인을 받아 오도록! 반드시 내일까지 챙겨 오기!"

선생님은 알림장 화면에 밑줄과 별표를 치며 강조했다. 버스와 체험 학습장 예약을 해야 하니 반드시 내일까지 참가 신청서를 가지고 와야 한다고 했다.

"내일까지 부모님 사인 다 받아 오면 학급 온도계 5도 올려 준다!"

"와아아!"

아이들의 함성이 터져 나왔다.

학급 온도계는 반 아이들이 다 같이 받는 칭찬이었다. 반 아이들이 모두 잘했을 때는 온도를 올리고, 반대로 반 아이들이 잘못했을 때는 온도를 내렸다. 그리고 온도가 30도가 되면 학급 행사가 열렸다.

지금 우리 반의 온도는 25도였다. 5도를 더 올리면 요리 실습을 할 수 있었다.

다음 날 아침이 밝았다. 아이들은 교실에 들어오자마자 참가 신청서부터 냈다.

"요리 실습하게 되면 우리 모둠은 뭐 해 먹지? 넌 생각해 둔 거 있어?"

아이들은 벌써부터 먹을 음식을 정하느라 소란스러웠다. 선생님의 책상 위에 참가 신청서가 하나둘 쌓여 갔다.

그때 제하가 뒷문을 열고 들어왔다. 자리에 앉아 있던 일우가 제하에게 소리쳤다.

"문제아! 너 체험 학습 참가 신청서 챙겨 왔어?"

제하는 고개를 끄덕이고는 가방에서 참가 신청서를 꺼내 선생님 책상 위에 올려놨다.

제하가 가져왔으면 우리 반 아이들은 다 가져온 거나 다름없었다. 실제로도 그랬다.

"보자. 우리 반 친구들 모두 참가 신청서를 가져왔구나. 정말 잘했다."

선생님이 환하게 웃었다.

"약속대로 학급 온도계 5도를! 아니……, 잠깐만."

선생님의 얼굴이 갑자기 딱딱하게 굳었다.

"문제하, 이거 부모님께서 사인해 주신 거 맞아?"

아이들이 동시에 제하를 쳐다봤다.

제하는 고개를 푹 숙이더니 이렇게 말했다.

“아뇨. 제가 사인했어요.”

다음에 일어난 일에 대해서는 자세히 말하고 싶지 않다.

머리끝까지 화가 난 선생님은 마치 도깨비 같았다. 선생님이 호통을 칠 때마다 아이들 모두 깜짝 놀라 몸을 들썩였다. 마침내 선생님은 학급 온도계의 온도를 내리기까지 했고 아이들은 모두 할 말을 잃었다.

쉬는 시간이 되자 일우가 씩씩대며 제하에게 다가갔다.

“넌 진짜 왜 그러냐? 문제아. 너 때문에 반 분위기 엉망 되고, 선생님한테 혼나고, 이번에는 학급 온도계까지 내려갔잖아. 어떻게 책임질 거야.”

“내가 무슨 수로 책임져…….”

“맞다. 너는 책임이 얼마나 중요한 건지도 모르지. 얘들아, 문제아랑 어울리지 마라. 너희도 문제아 된다.”

일우가 싸늘한 눈초리로 주변에 있는 아이들을 훑어보며 말했다.

계산해 보면 오늘로부터 정확히 열흘 전이었다. 제하와 일우가 맞붙은 날 말이다.

사실 맞붙었다는 표현도 어색하다. 제하는 일방적으로 때리기만 했고 일우는 낮기만 했다. 그날의 일을 간단히 이야기하자면 이렇다.

체육 시간에 축구를 했다. 제하는 예전부터 축구를 잘했다. 평소 같았으면 운동장을 누비고 다녔을 것이다.

하지만 일우가 아이들을 부추겨서 제하에게 공이 못 가게 했다. 화가 난 제하는 축구를 하다가 말고 철봉에 가서 거꾸로 매달렸다. 선생님은 제하가 왜 축구를 하지 않냐고 물었고, 아이들은 모른다고 대답했다.

결국 축구 경기는 취소되었다. 아이들이 교실로 올라가려고 운동장을 가로지르는데, 반장이 무심코 제하의 실내화 주머니를 발로 툭 찼다.

나도 옆에서 이 모습을 보았다. 그런데 그건 누가 봐도 일부러 그런 게 아니었다. 앞을 보지 않고 걷다가 벌어진 실수였다.

그렇지만 제하는 더 이상 참지 않았다. 제하는 단숨에 일우에게 달려들었다.

제하는 일우의 양어깨를 세게 밀쳐 단번에 바닥에 넘어뜨렸다. 그리고 일우의 몸 위에 올라타 얼굴에 주먹을 날리고, 또 날렸다.

놀란 일우는 저항하지 못했다. 아이들은 제하를 말렸지만 제하의 힘이 어찌나 센지 애를 먹었다. 선생님이 달라붙어서야 겨우 일우에게서 제하를 떼어 냈다.

일우는 쌍코피가 났다. 양쪽 코에서 피가 주르륵 흘렀고 눈 아래는 시퍼런 멍이 들었다.

제하는 팔에 자잘한 생채기가 났다. 날리는 아이들이 팔을 잡아당기면서 생긴 상처였다.

그날 오후 일우의 엄마가 학교에 찾아왔다. 수업이 끝나기도 전에 복도에서 기다리고 있던 일우 엄마는 선생님과 길게 이야기를 나누었다.

다음 날부터 일우는 "우리 엄마가 문제아 전학 보내 버린대." 라고 떠들었다. 그럴수록 제하는 입을 꾹 다물었다.

그날 제하가 잘한 건 없다. 일우를 때린 건 분명히 제하의 잘못이다.

그렇지만 나는 가만히 있을 수가 없다. 남들은 모르지만 나만 알고 있는 두 가지 비밀 때문이다.

하나는 제하가 일우에게 사과하고 싶어 한다는 것이다. 그 증거는 지금도 제하 가방 안에 들어 있다. 제하는 일우를 때린 다음 날, 일우에게 줄 사과 편지를 써 왔다. 공책 뒷장을 찢은 종이에다가 연필로 꾹꾹 눌러서 썼다. 그렇지만 그날 이후 일우가 제하를 피해 다녀서 편지를 줄 시기를 놓쳐 버렸다.

다른 하나는 아주 개인적인 이유다. 회의에서는 말하지 않을 것이다. 하지만 이 일이 없었더라면 어른들이 모여 있는 회의에 내가 감히 끼어들 용기가 안 났을 것이다.

　제하네 엄마가 집을 나갔다는 이야기를 들었을 때였다. 처음 그 이야기를 들었을 때는 당황스러웠지만, 나중이 되자 선생님에게도 말하지 않는 비밀을 왜 나에게는 털어놓았는지 궁금해졌다.

　내 질문에 제하는 이렇게 답했다.

　"너는 날 믿어 주니까."

　나는 제하의 이 말을 잊을 수가 없다.

　나는 이런 말을 듣고도 친구의 어려움을 못 본 척하는 바보 멍청이가 아니다. 그날 나는 문제하가 더 심한 문제아가 되더라도 끝까지 제하 편을 들기로 마음먹었다. 초라하고 진부하며 말도 안 되는 변명이라도 얼마든지 해야겠다고 다짐했다.

　자기를 보호하는 변명조차 하지 못하는 제하를 대신 해서 말이다.

　학교 주위를 정처 없이 돌아다녔더니 어느새 회의 시작 시간이 지나 있었다. 나는 서둘러 교장실로 뛰어갔다.

　교장실 문은 굳게 닫혀 있었다. 문에 가까이 다가가니 어른들의 낮고 굵은 목소리가 들렸다.

　입안이 바싹 말랐다.

'어떤 말로 시작해야 할까?'

여러 문장이 머릿속에 맴돌았다.

'문제하는 문제아가 아닙니다.'

'문제하는 잘못한 게 없습니다.'

다 마음에 들지 않았다.

　나는 눈을 질끈 감았다. 그리고 크게 숨을 들이마신 뒤, 교장
실 문고리를 잡아 돌렸다.

　교장 선생님과 눈이 딱 마주쳤다. 다른 어른들도 말을 멈추고
나를 쳐다봤다. 진땀이 삐질삐질 났다.

　'그래도……. 아, 저기 있다.'

이른들 틈에서 좁은 어깨를 더 좁게 구긴 채 바닥을 보고 있던 제하가 고개를 들었다. 나를 확인한 제하의 눈이 동그랗게 커졌다.

　　나는 마음이 차분해지는 것을 느끼며 이렇게 말했다.

　　"실례지만, 제가 문제하를 위한 변명을 해도 될까요?"

강아지 키우는 법 알려 줄까?

가장 중요한 건, 엄마한테 허락을 받는 거야.

아빠한테 허락받는 건 쉬워. 안마하고, 구두 닦고, "아빠앙!" 하고 팔에 매달리면 되거든.

문제는 엄마야. 심부름하고 상 차리면 "어머, 고마워라!" 하고 땡! "엄마앙!" 하고 팔에 매달리면 "우리 아가씨가 왜 이러셔?" 하고 땡!

"진짜 잘 키울 자신 있다니까요!" 하고 다짐해도 "진짜 잘 볼 자신 있다던 시험은 어떻게 됐지?" 하고 땡!

그래서 편지를 썼어. 지난 국어 시간에 제안하는 글 배웠잖아.

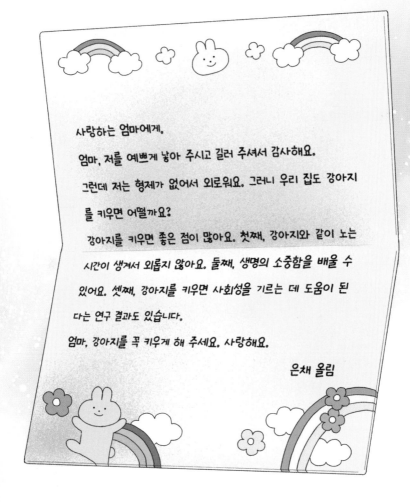

사랑하는 엄마에게.

엄마, 저를 예쁘게 낳아 주시고 길러 주셔서 감사해요.

그런데 저는 형제가 없어서 외로워요. 그러니 우리 집도 강아지를 키우면 어떨까요?

강아지를 키우면 좋은 점이 많아요. 첫째, 강아지와 같이 노는 시간이 생겨서 외롭지 않아요. 둘째, 생명의 소중함을 배울 수 있어요. 셋째, 강아지를 키우면 사회성을 기르는 데 도움이 된다는 연구 결과도 있습니다.

엄마, 강아지를 꼭 키우게 해 주세요. 사랑해요.

은채 올림

괜찮지? 마지막에 쓴 좋은 점은 인터넷에서 본 글을 그대로 적어 본 거야. '강아지를 키우면 좋은 점'이라고 검색하니까 나왔어. 좋은 점을 세 개는 쓰고 싶었는데 두 개밖에 생각이 안 나더라고.

엄마는 편지를 읽고 소파에 가만히 앉아 있었어. 그래서 나는 엄마가 강아지를 키우는 걸 허락해 주겠구나 생각했어.

우리 엄마는 항상 그러거든. 안 될 때는 바로 "안 돼!" 하고 소리쳐. 그렇지만 될 때는 바로 "돼!"라고 말하지 않아. 가만히 서 있거나 앉아 있다가 대답하지.

이번에도 내 생각은 틀리지 않았어.

"은채야, 엄마가 우리 은채 외롭게 해서 미안해. 우리 토요일에 강아지 보러 가자."

이날은 화요일이었어. 토요일이 되기까지 시간이 얼마나 느리게 흘렀는지 몰라.

맞아. 유미, 너도 기억하지?

그때 너랑 나랑 학교 끝나고 매일 '아프냥이리오개 동물병원' 앞에 갔잖아. 우리는 유리창에 코를 박고 강아지를 구경했지. 시간 가는 줄도 모르고 말이야.

나는 포메라니안을 키우고 싶었어. 공처럼 둥근 털과 뾰족한 귀가 귀여웠거든. 반대로 제일 키우기 싫은 건 몰티즈였어. 옆집 동동이네 개가 몰티즈잖아. 못생긴 주제에 나만 보면 만날 짖는다니까.

강아지 이름도 미리 생각해 뒀어. '바둑이'나 '흰둥이', '코코'나 '복실이' 같은 이름은 너무 흔해서 싫었어. 이번에도 인터넷으로 검색 좀 했지. 최대한 고급스러운 이름으로 골랐어.

내가 고른 이름은 '크리스털'이야. 털이 하얗고 우아할 우리 강아지를 생각하며 지었지.

휴대폰으로 화이트 포메라니안 사진도 열심히 찾아봤어. 풀밭에서 뛰노는 모습, 선글라스를 끼고 있는 모습 등 100장도 넘게 저장했을 거야.

마침내 기다리던 토요일이 되었어. 신나게 나갈 준비를 하고 있는데 엄마가 나를 불렀어. 그것도 거실 소파로.

가슴이 두근거리기 시작했어. 엄마가 나를 소파로 부를 때는 나쁜 소식이 있다는 뜻이거든. 엄마 마음이 바뀌었을까 봐 나는 너무 걱정이 되었어.

엄마가 내 손을 잡았어.

"강아지를 데려오기 전에 은채가 꼭 알아야 하는 게 있어."

다행히 엄마는 강아지를 데려온다고 했어.

"뭔데요?"

"강아지를 데려오면 10년 넘게 같이 살아야 해. 강아지가 싫어지거나, 병이 들어도, 사고를 쳐도 가족으로 평생 함께 살아야 한다는 거야."

"아이참, 엄마도. 당연하지."

그때는 엄마가 왜 이렇게 당연한 소리를 하나 싶었어. 그리 어려운 일도 아니라고 생각했지. 그런데 강아지를 키워 보니까 알겠더라고.

우리 강아지는 아직도 똥오줌을 못 가려. 강아지 화장실인 배변 패드를 깔아 놨는데도 그래. 열 번 중 여섯 번은 화장실에 싸지만, 네 번은 다른 데다 싸. 현관, 욕실 슬리퍼, 냉장고 앞. 가리는 장소가 없어.

심지어는 내가 잠깐 내려놓은 겉옷에도 오줌을 싼 적이 있어. 그땐 정말 화가 났어. 산 지 얼마 안 된 옷이었단 말이야. 특별한 날에만 입으려고 아껴 둔 게 억울할 뿐이었어.

그렇지만 강아지를 키우기 전에는 몰랐어. 강아지를 못 키우게 하려고 엄마가 괜히 나를 겁주는 줄로만 알았어.

"강아지는 매일 밥을 줘야 해."

"강아지는 매일 산책을 시켜 줘야 해."

"강아지가 싼 냄새나는 똥오줌을 매일 치워 줘야 해."

엄마가 이렇게 말할 때마다 나는 알고 있다고 자신만만하게 소리쳤어. 그 정도는 나도 미리 알아봤으니까.

유미, 넌 어때?

그래? 강아지는 귀여우니까 이쯤은 할 수 있다는 거지?

65

그렇다면 내 이야기를 마저 해 줄게.

나는 엄마랑 같이 아프냥이리오개 동물병원에 갔어. 동물병원에서는 아픈 동물을 치료하기도 하지만, 새끼 강아지를 분양하기도 하잖아.

강아지들은 유리창 앞에 옹기종기 모여 있었어. 손바닥만 한 새끼부터 꽤 자라서 털갈이를 시작한 강아지까지 있었어. 그중에 내가 키우고 싶은 포메라니안도 있었어.

"얘요! 얘로 할래요!"

나는 포메라니안을 손가락으로 가리켰어. 엄마는 좀 더 보지 않아도 되겠냐고 물었어.

"제일 예쁘잖아요."

내가 고른 아이가 제일 작고 제일 예뻤어. 털이 가장 하얗고 눈이 가장 반짝거렸지.

엄마는 옆에 있던 직원에게 물어봤어.

"얘는 얼마예요?"

"화이트 포메라니안 말씀이죠? 백만 원이에요."

엄마가 눈을 빠르게 껌뻑거렸어.

"네? 뭐라고요?"

"요즘 화이트 포메라니안이 인기가 많아서요. 이렇게 작고 모

량이 빵빵하면 어딜 가나 그 가격이에요."

"그래도 백만 원은 좀······."

엄마가 나를 힐끔 쳐다봤어.

나는 엄마의 눈을 피해서 바닥만 내려다봤어. 이렇게 비쌀 줄은 꿈에도 몰랐어. 뒤통수를 맞은 기분이었어.

"은채야, 다른 강아지는 별로야?"

"음······. 푸들도 좋아."

푸들은 하얗지는 않지만 동그란 눈과 곱슬곱슬한 털이 귀여웠거든.

"얘는 얼마예요?"

"걔는 실버 푸들이라고, 크면서 까만 털이 점점 회색으로 변해요. 그래서 더 비싸요. 백이십만 원이에요."

"끄응······."

엄마가 앓는 소리를 냈어.

나는 어서 그 자리에서 도망치고 싶었어.

"그러시면 얘는 어때요?"

직원이 한 강아지를 가리켰어. 다른 강아지들보다 몸집이 조금 더 큰 몰티즈였어. 털이 듬성듬성 빠지고 비쩍 마른 강아지였지.

"보통은 3개월 전에 분양시키는데 얘는 시기를 놓쳐서요. 6개월이에요. 그래서 싸게 드릴 수 있어요. 오십만 원에 어떠세요?"

엄마가 나를 쳐다봤어. 나는 그 강아지를 볼 수도, 엄마를 볼 수도 없었어. 계속 딴청만 피웠어.

"아니에요. 우리 애랑 더 얘기해 보고 올게요."

엄마와 나는 동물병원을 탈출하듯 빠져나왔어. 집으로 걸어오는데 이상하게 눈물이 날 것만 같았어.

강아지는 키우고 싶은데, 백만 원은 너무 비싸서 엄마한테 미안하고. 강아지는 왜 이렇게 비싼 걸까. 컴퓨터나 휴대폰을 사러 간 것도 아닌데 백만 원이나 하다니. 동물병원 직원이 원망스럽기도 하고. 왜인지 딱 꼬집어서 말할 수는 없는데, 울고 싶은 건 분명했어.

엄마도 비슷한 기분이었나 봐.

"은채야, 어때? 백만 원 주고 한 마리 데려올까?"

엄마의 목소리에 힘이 없었어.

나는 고개를 절레절레 내저었어.

"아니에요. 강아지 필요 없어요."

집에 돌아왔는데도 눈앞이 캄캄했어. 풀이 확 죽어서 아무것도 하고 싶지 않았지. 나는 휴대폰을 만지작거리다가 사진첩에 있던 강아지 사진도 전부 지워 버렸어.

동물병원 앞을 지날 때면 일부러 횡단보도를 건너 반대편 길로 걷기도 했지. 그렇게 해서라도 강아지 생각을 안 하고 싶었거든.

하지만 코끼리를 생각하지 말라고 하면 도리어 코끼리 생각이 나듯이, 시간이 갈수록 강아지를 키우고 싶다는 마음이 커져만 갔어. 어떤 날은 사진첩에 저장해 두었던 하얀 포메라니안과 푸른 들판을 뛰노는 꿈을 꿀 정도였어.

그렇게 한 일주일이 지났을까, 가족끼리 둘러앉아 저녁을 먹는데 아빠가 말했어.

"여보, 직장 사람들한테 얘기했더니 유기견 입양은 어떻냐고 추천해 주더라고요."

눈이 번쩍 뜨이는 소리였어. 그렇지만 엄마는 걱정스러워 보였어.

"유기견이면 사람한테 버림받은 개잖아요. 아픈 개라거나, 뭔가 문제가 있어서 버려진 게 아닐까요?"

"김 대리 말이 개보다는 사람이 문제라는 거예요. 유기견 센터에서 보름 정도 지나도 주인이 안 나타나면 전부 안락사시킨다지 뭐예요."

나는 호기심을 참지 못하고 끼어들었어.

"아빠, 안락사가 뭐예요?"

아빠가 머뭇거리며 대답했어.

"그, 어……. 주사를 놔서 강아지를 죽이는 거지."

"죽인다고요? 왜요?"

"유기견을 보호할 수 있는 공간과 인력은 한정적인데, 자꾸 유기견이 늘어나거든."

나는 입을 떡 벌렸어. 개가 너무 불쌍했어.

"우리도 한번 가 봐요. 한 마리는 살릴 수 있잖아요."

엄마가 걱정스러운 표정으로 나를 봤어.

"유기견은 길에서 살다가 구조되어서 꼬질꼬질할 거야. 예쁜 강아지만 좋아하는 은채 눈에는 안 찰 텐데, 괜찮겠니?"

"괜찮아요."

"정말이지?"

"네. 정말이에요."

엄마는 아빠에게 의견을 물었어.

"그렇다면 당신 생각은 어때요?"

"좋아요. 은채가 저렇게 얘기하는데 한번 가 봅시다."

그래서 돌아오는 주말, 우리 가족은 유기견 보호 센터에 갔어.

보호 센터는 아빠 차를 타고 30분쯤 달려 도착한 도시 외곽에 자리하고 있었어.

건물 안으로 들어가자마자 강아지 똥오줌 냄새가 났어. 보호 센터를 청소해 주는 봉사자들이 있지만 항상 일손이 부족하다고 했지.

나는 첫 번째 방 앞에 섰어. 방 입구에는 울타리가 쳐져 있었는데 대여섯 마리의 강아지들이 울타리에 매달리듯 달라붙어서 꼬리를 흔들었어. 나는 강아지들을 한 마리씩 훑어보았어.

그리고 한 강아지에서 눈을 뗄 수가 없었어.

그 강아지가 하얀 포메라니안이었냐고? 아니야.

그것도 아님 푸들이었냐고? 푸들도 아니야.

그 개는 털이 빠지고 비쩍 마른 강아지였어. 동물병원에서 싸게 분양한다고 했던 몰티즈와 비슷하게 생긴 아이였지.

알아. 나는 몰티즈처럼 생긴 강아지가 싫었어. 동동이네 개를 보면서 항상 못생겼다고 생각했지.

그런데 이상하게 그 강아지를 보니까, 강아지의 크고 검은 눈동자를 보니까, 동물병원에서 보았던 몰티즈가 생각나면서 눈물이 왈칵 나는 거야.

나도 그랬잖아. 예쁜 강아지만 찾고, 못생긴 강아지는 무시하

고. 나도 나빴잖아.

강아지도 내 마음을 느꼈는지 눈가가 촉촉해졌어. 거짓말이 아니야. 강아지가 울었어. 하얀 털에 빨간 눈물 자국이 나도록 울었어.

"이 강아지요. 이 아이를 데려갈래요."

나는 강아지를 가리켰어.

그리고 그 강아지는 우리 식구가 되었어.

유미야, 너는 어떤 강아지를 키우고 싶어?

나는 예쁜 포메라니안을 키우고 싶었지만, 털이 듬성듬성 빠

진 유기견을 키우게 됐어. 그렇지만 아쉬웠던 적은 없어. 그 강아지는 이제 우리 가족이거든.

가족은 그렇잖아. 좋을 때든 싫을 때든 같이 사는 거잖아. 그리고 마음껏 서로 사랑하는 거잖아.

나는 우리 강아지에게 '크리스털'이라는 이름 대신 '이은지'라는 이름을 지어 줬어. 이은채 동생 이은지. 엄마가 동생을 낳으면 붙여 주려던 이름을 우리 강아지에게 주었어.

그런데 유미야, 잠깐만. 큰일 났어!

너랑 전화하는 사이에 은지가 또 엄마 스웨터를 물어뜯었어. 이번에는 정말 엄마가 은지를 가만두지 않을 텐데, 어떡하지?

비밀의
모래시계

6월 3일, 12시 55분.

교실에는 아무도 없었고, 나는 소희의 휴대폰을 숨겼다.

이게 중요하다. 훔친 게 아니라 잠시 숨긴 것이다.

나는 소희의 휴대폰을 훔칠 필요가 없다. 나도 똑같은 휴대폰이 있기 때문이다. 소희가 휴대폰을 사자마자 할머니를 졸라서 같은 걸로 샀으니, 이건 흔히 말하는 '우정 폰'이었다.

사흘 전만 해도 소희와 나는 둘도 없는 단짝이었다. 남모르는 비밀도 서로 나누었다. 우리 집엔 엄마가 없고, 소희네는 아빠가 없다. 나는 지금까지 엄마가 없다는 이야기를 누구에게도 해

본 적이 없었다. 5학년이 되어서 처음으로 소희에게만 털어놓았다.

문제는 사흘 전에 있었던 그 일이었다. 그 일만 없었더라면 소희와 다툴 일도, 내가 소희의 휴대폰을 숨길 일도 없었을 것이다.

나는 그런 생각을 하며 서둘러 자리에 앉았다. 그러자 기다렸다는 듯이 점심시간이 끝나는 것을 알리는 1시 예비종이 울렸다.

경찰과 도둑 놀이를 하러 운동장에 나갔던 아이들이 우르르 교실로 돌아왔다. 조용했던 교실이 소란스러워지는 건 순식간이었다.

"내 휴대폰!"

책상 서랍을 뒤지던 소희가 소리쳤다.

"가방에 넣은 거 아냐?"

남아람이 뒤를 돌아보며 말했다. 듣기 싫어도 들을 수밖에 없는 큰 목소리였다.

나는 남아람이 싫었다. 큰 덩치나 걸걸한 목소리도 싫은 데다가 요즘 들어 부쩍 남아람은 소희에게 친한 척 굴었다. 심지어 오늘은 둘이 화장실 같은 칸에 들어갔다. 내 욕을 하는 것 같아서 가슴이 철렁 내려앉았다.

"없어! 내가 분명 책상에 올려놨었는데 없어졌어!"

소희가 야단스럽게 가방을 뒤졌다. 그렇지만 휴대폰이 가방에 있을 리가 없었다. 휴대폰은 40번 사물함 속에 들어 있었다. 40번은 아무도 안 쓰는 사물함이었다.

"얘들아, 소희 휴대폰 없어졌대!"

남아람이 소리치자 아이들의 시선이 소희에게 쏠렸다.

그때 반장이 말했다.

"누가 훔쳐 간 거 아니야? 점심시간에 교실에 있던 사람 누구야?"

가슴이 뜨끔한 나는 고개를 푹 숙였다.

"주노 아냐? 주노가 현관에서 제일 먼저 실내화 갈아 신었잖아."

아이들이 다 같이 주노를 쳐다봤다.

"나는 아냐. 교실에 나 말고 누가 먼저 와 있었어."

가슴이 뛰었다. 쿵쾅쿵쾅 가슴 뛰는 소리가 너무 커서 귀가 아플 정도였다.

"누구였더라……."

주노가 머리를 긁적였다.

"여자애였던 것 같은데……. 아닌가, 남자앤가……."

주노가 힘없이 말꼬리를 흐렸다. 잔뜩 긴장하고 있던 아이들도 주노의 말에 맥이 빠져서 자리로 돌아갔다.

곧이어 수업 시간이 되었지만 선생님 말이 도통 귀에 들어오지 않았다. 소희의 휴대폰 생각으로 머리가 터질 것 같았다. 돌려주자니 다른 애들의 눈이 신경 쓰였고, 안 돌려주자니 찜찜했다.

남아람은 이미 나를 휴대폰 도둑으로 의심했다. 남아람은 내가 경찰과 도둑 놀이를 하지 않았다며, 내가 도둑일지 모른다고 말했다.

'훔친 게 아니라 잠깐 숨긴 거라고! 그냥 장난이었다고!'
나는 목구멍까지 올라온 이 말을 삼키고 또 삼켰다.

"우리 리아, 학교 잘 다녀왔어?"
집에 들어가자마자 할머니의 질문이 시작되었다.
매일 듣는 질문이었지만 오늘은 정말로 대답할 기분이 아니었다. 나는 응, 고갯짓만 하고 냉장고에서 물을 꺼내 마셨다.
"공부는 열심히 했고?"
이번에도 나는 건성으로 고갯짓만 하고 화장실에 들어갔다.
손을 씻고 나오자 할머니가 이번엔 이렇게 물었다.
"친구들하곤 사이좋게 지냈고?"

갑자기 얼굴이 확 붉어졌다.

나는 화가 나거나 당황하면 꼭 얼굴이 새빨개졌다. 할머니는 내가 엄마를 닮아서 그렇다고 했다.

하지만 나는 얼굴이 빨개지는 게 너무도 싫었다. 속마음을 다 들켜 버리는 것 같기 때문이다.

"나 친구 없거든! 이게 다 할머니 때문인데 친구 얘기는 왜 꺼내!"

나는 문을 쾅 닫고 방에 들어갔다.

학원에 가기 싫었다. 숙제도 싫었다. 아무것도 하고 싶지 않았다. 나는 책상 위에 엎드렸다.

'시간을 되돌릴 수 있다면 좋을 텐데…….'

멀리 돌아갈 필요도 없다. 소희의 휴대폰을 숨기기 전으로 돌아갈 수만 있다면. 아니, 소희가 휴대폰을 잃어버렸다고 난리를 치기 전으로 돌아갈 수만 있다면 얼마나 좋을지 상상했다. 그렇다면 내가 소희의 휴대폰을 숨겼다고 솔직하게 고백할 수 있을 것 같았다.

'그런데 이게 뭐지?'

엎드린 자리에 뭔가 뭉툭한 게 느껴졌다. 손을 더듬어 꺼내 보자 모래시계가 나왔다.

모래시계의 모양은 위아래가 불룩하고 가운데가 잘록했다. 안에 든 자줏빛 모래가 높은 곳에서 낮은 곳으로 조금씩 떨어졌다.

나는 모래시계를 세워 두고 한참 동안 쳐다보았다. 모래가 가운데 좁은 틈을 천천히 통과하는 모습이 신비로워서 눈을 뗄 수가 없었다.

시간이 흐르자 위에 고여 있던 모래가 모두 아래로 떨어졌다. 나는 모래시계를 뒤집었다.

"에휴, 나도 시간을 뒤집고 싶다."

그러자 마치 몸이 거꾸로 뒤집힌 것처럼 세상이 빙글 돌았다.

눈앞이 캄캄해지며 원통형 미끄럼틀을 탄 것처럼 어디론가 빨려 드는 느낌이 들었다.

6월 3일, 다시 1시.

"어떻게 된 거지?"

얼떨떨해하는 사이 교실 바닥이 눈에 들어왔다. 어느새 1시 예비 종이 울리고 있었다.

경찰과 도둑 놀이를 마친 아이들이 실내화 주머니를 흔들며 교실에 들어왔다. 아이들은 사물함 앞에 매달려 국어 활동 책을 꺼냈다.

눈에 보이는 모든 상황이 오늘 있었던 점심시간과 똑같았다. 내가 소희의 휴대폰을 숨기고 난 바로 뒤였다. 모래시계처럼 내 시간도 과거로 돌아간 거였다.

모든 게 아까와 같았지만, 다른 점이 하나 있었다. 지금 내 주머니 속에 모래시계가 들어 있다는 것이었다.

"내 휴대폰!"

소희의 목소리가 귀에 꽂히며 정신이 번쩍 들었다. 얽히고 꼬여 버린 매듭을 풀 수 있는 좋은 기회가 찾아온 것이다.

나는 기다렸다는 듯이 40번 사물함에서 소희의 휴대폰을 꺼냈다.

"없어! 내가 분명 책상에 올려놨었는데 없어졌어!"

소희가 허둥거렸다. 곧 있으면 남아람이 큰 목소리로 아이들을 집중시킬 거였다.

나는 모래시계가 준 기회를 놓치기 싫었다. 내가 가진 모든 용기를 쥐어짜서 소희의 책상 앞에 섰다.

"무슨 일이야?"

그렇지만 내게 말을 건 사람은 소희가 아니라 남아람이었다. 소희는 나를 쳐다보지도 않고 가방에서 휴대폰만 찾고 있었다.

"소희야, 휴대폰 여기 있어."

나는 소희의 책상 위에 휴대폰을 내려놓았다.

"왜 네가 소희 휴대폰을 가지고 있어?"

"아니. 그게, 어……. 떨어져 있어서 주워 준 거야."

나도 모르게 거짓말이 나왔다.

"말은 왜 더듬어? 주웠으면 원래 자리에 두어야지, 왜 가져갔어?"

남아람의 질문이 폭풍처럼 쏟아졌다. 그 앞에서 나는 우물쭈물하는 수밖에 없었다.

소리를 들은 아이들이 몰려들었다. 내 얼굴이 점점 빨개졌다.

심지어는 귀와 목까지 뜨끈뜨끈해졌다.

"아냐! 나는 그냥 주운 거야!"

결국에는 눈물이 왈칵 쏟아졌다. 아이들의 시선을 견디기 힘들었던 나는 양손으로 눈물을 닦으며 화장실로 뛰어갔다.

비어 있는 칸에 들어가 변기 뚜껑을 내리고 변기에 앉았다. 그리고 주머니에서 모래시계를 꺼냈다. 기분 탓인지 아까보다 모래의 양이 적어 보였다.

내가 원한 건 이런 게 아니었다. 이러려고 시간을 되돌린 게 아니었다.

나는 눈을 꾹 감았다. 그리고 잠시 후, 모래시계를 세게 휙 뒤집었다.

6월 3일, 12시 55분.

"으으……."

또 시간을 돌렸다. 나는 다시 교실에 와 있었다. 이번에는 5분 더 앞으로 당겨져 아이들이 교실로 들어오려면 아직 시간이 있었다.

시간을 두 번 돌려서 그런지 머리가 아팠다. 나는 관자놀이를 꾹꾹 누르며 주위를 두리번거렸다.

소희의 휴대폰은 책상 위에 있었다.

"이제 됐어. 나는 소희 휴대폰에 손도 안 댈 거야."

혼자서 교실에 있다가 괜한 의심을 사고 싶지도 않았다. 나는 도서실에 내려가서 책장 사이를 돌아다녔다.

도서실은 소희와 함께 자주 놀러 오던 장소였다.

사흘 전, 나는 소희와 이곳에 있었다. 사흘 전에도 수업이 끝나자마자 소희와 같이 도서실에 갔다.

소희는 폭신폭신한 소파에 앉아 책을 읽었고, 나는 지난주에 빌린 책을 반납하려고 줄을 섰다. 내 뒤에는 경미라고, 우리 아랫집에 사는 여자애가 서 있었다.

"책 반납할게요."

나는 사서 선생님에게 책을 내밀었다.

그때 경미가 내 뒤에서 말을 걸었다.

"이거 재밌어? 《할머니가 사라졌다》?"

"응. 너도 읽어 봐."

그날은 봄기운이 완연했다. 도서관 창문으로 따사로운 햇볕과 나른한 봄바람이 들어왔다. 그래서인지 기분이 좋았다. 나도 모르게 콧노래를 흥얼거렸다.

그러나 경미의 다음 말을 듣자 온몸에 찬물을 끼얹은 것처럼 소름이 돋았다. 마치 계절을 거슬러 겨울의 찬바람을 고스란히 맞은 것 같았다.

"근데, 넌 이 책 무서웠겠다. 할머니까지 사라지면 집에서 널 돌봐 줄 사람이 없잖아."

나는 눈을 껌뻑였다.

"어?"

"우리 엄마도 내가 어렸을 때 많이 편찮으셨대. 그때 엄마가 돌아가셨으면 나도 정말 힘들었을 거야."

아랫입술을 꽉 깨물었다.

나는 엄마가 없다는 이야기를 누구에게도 해 본 적이 없다. 단 한 사람만 빼고 말이다.

나는 소희를 쳐다봤다. 소희는 소파에 앉아 태연하게 책을 읽고 있었다.

그 모습을 보자 머리에서 열이 확 올랐다. 잘못한 것도 없는데 얼굴이 붉어졌다.

나는 경미의 귀에 손을 대고 소곤소곤 작게 물었다.

"그 얘기 어디에서 들었어?"

경미가 턱 끝으로 소희가 앉아 있는 쪽을 가리켰다.

이야기의 주인공을 확인하자 뜨거워진 머리가 폭발했다. 더 이상 참을 수가 없었다.

나는 배에 힘을 주고 큰 목소리로 말했다.

"너, 이 얘긴 못 들었어? 소희는 아빠가 없어!"

도서실에 있던 아이들이 깜짝 놀라 나를 쳐다봤다. 나는 소희와 눈이 마주쳤다.

"어렸을 때 부모님이 이혼하셨대! 아빠가 없는 아이라니 불쌍하지, 뭐야!"

소희의 얼굴이 창백해지더니 서서히 일그러졌다. 눈가에 눈물이 그렁그렁 맺혔다. 하지만 나는 소희를 못 본 척하며 고개를 휙 돌렸다.

결국 소희는 얼굴을 가리고 도서실을 뛰쳐나갔다. 경미가 내 팔을 치며 말했다.

"너 갑자기 왜 그래. 깜짝 놀랐잖아."

"소희가 내 얘기했다며. 나도 복수한 거야."

나는 붉게 달아오른 얼굴을 매만졌다.

"복수라니? 그 얘기 소희가 한 거 아닌데?"

"그럼 뭐야? 턱으로 소희를 가리켰잖아."

"소희라니, 아니야. 난 창문 밖에 보이는 우리 아파트 가리킨 거야. 엄마가 얘기해 줬거든. 엄마는 너희 할머니한테 들었대."

그 순간 누군가 망치로 내 뒤통수를 쾅 내리친 것 같았다.

다음 날은 아침부터 비가 내렸다.

등굣길에 소희를 만났다.

나는 우산을 흔들며 먼저 인사를 했다. 하지만 소희는 나를 못 본 척 무시하고 남아람과 팔짱을 끼고 하하 호호 웃으며 걸어갔다.

바짝 약이 오른 나는 소희의 등 뒤에 대고 소리쳤다.

"나는 잘못한 거 없어! 그냥 오해한 거야!"

그 뒤로 소희는 보란 듯이 남아람과 딱 붙어 다녔다. 내가 남아람을 싫어하는 걸 뻔히 알면서도 소희는 남아람과 일부러 더 친하게 지냈다.

그래, 그냥 나는 소희에게 작은 골탕을 먹이고 싶었던 거였다. 휴대폰은 잠깐 숨겼다가 돌려줄 생각이었을 뿐 훔치거나 망가뜨릴 생각은 조금도 없었다.

어찌 되었든 시간을 돌린 덕분에 모든 일이 말끔하게 해결되었다. 휴대폰을 숨기지 않았으니 소희가 휴대폰을 잃어버리는 일도, 내가 도둑으로 의심받는 일도 없을 것이다. 나는 예비 종소리를 듣고 교실로 올라갔다.

  그런데 어떻게 된 일일까? 믿을 수 없는 일이 벌어졌다.

  "내 휴대폰! 없어! 내가 분명 책상에 올려놨었는데 없어졌어!"

  나는 훔치지 않은 소희의 휴대폰이 없어졌다.

  "얘들아, 소희 휴대폰 없어졌대!"

남아람이 자리에서 일어나서 소리쳤다. 아이들의 시선이 소희에게 쏠렸다.

"누가 훔쳐 간 거 아니야? 점심시간에 교실에 있던 사람 누구야?"

반장이 말했다. 이번에도 누군가 주노를 지목했다.

"주노 아냐? 주노가 현관에서 제일 먼저 실내화 갈아 신었잖아."

"나는 아냐. 교실에 나 말고 누가 먼저 와 있었어. 누구였더라……."

나는 조금 전의 기억을 더듬었다. 소희의 휴대폰이 책상 위에 있었고, 나는 도서실에 다녀왔다. 그래. 이번에는 휴대폰을 숨기지 않았다.

하지만 믿을 수 없는 일은 여기에서 끝나지 않았다.

"맞아! 최리아. 교실에 최리아가 먼저 와 있었어."

주노가 가리킨 건 바로 나였다.

입이 저절로 떡 벌어졌다. 나는 아니라고 고개를 흔들었다. 너무 당황한 탓에 목소리도 제대로 나오지 않았다.

"얼굴 빨개진 거 봐. 진짠가 봐."

아이들이 벌떼처럼 몰려들었다. 나는 대답도 하지 못하고 계속 고개만 흔들었다.

소희와 눈이 마주쳤다. 소희는 자리에 앉아서 물끄러미 나를 바라보고 있었다.

'아니야.'

나는 입 모양으로 말했다.

'내가 훔치지 않았어.'

그러나 소희는 고개를 홱 돌렸다.

나는 자리를 박차고 일어났다. 화장실 빈칸에 들어가 문을 잠갔다.

주머니에 손을 넣었다. 까끌까끌한 모래가 느껴졌다. 손가락 사이사이로 자주색 모래가 잔뜩 묻어 나왔다.

나는 주머니에서 조심스럽게 모래시계를 꺼냈다. 자세히 살펴보니 모래시계의 한쪽 모서리에 새끼손톱보다 작은 구멍이 나 있었다. 작은 구멍에서 어느새 이렇게나 많은 모래가 흘러나 왔던 것이다.

이제 모래시계 안에는 모래가 얼마 남지 않았다. 나는 눈을 꾹 감고 모래시계를 뒤집었다.

"……."

그러나 눈을 떴을 때는 아무 일도 일어나지 않았다. 나는 여전히 화장실 안이었다.

　다시 모래시계를 뒤집었다. 역시 아무 일도 일어나지 않았다.
모래시계를 뒤집고, 또 뒤집었지만 과거로 돌아갈 수가 없었다.

　한숨이 나왔다. 이대로 끝이라고 생각하니 힘이 풀렸다. 꼭
쥐고 있던 손바닥을 펼쳤다. 손바닥에 묻어 있던 모래의 모양이
마치 글씨처럼 보였다.

　　　　　　　　　　　　　'진심.'

　　　　　　　　　　나는 '진심'이라는 글씨를 내려

　　　　　　　　　　다보며 내 진짜 마음을 생각

　　　　　　　　　　했다.

이 모든 일이 내가 잘못한 게 아니라고 우기는 가짜 마음 말고, 마음속 깊숙한 곳에 잠들어 있는 내 진짜 마음을 떠올렸다.

'사흘 전 일을 소희에게 사과하고 싶어. 그리고 내 잘못을 용서받고 싶어.'

그러자 모래시계에서 환한 빛이 터져 나왔다. 모래시계가 저절로 공중에 떠오르더니, 펑! 소리를 내며 산산조각 났다. 동시에 몸이 거꾸로 뒤집힌 것처럼 세상이 빙글 돌며 주위가 컴컴해졌다.

비가 내렸다. 나는 우산을 들고 교문 앞에 서 있었다.

머리가 지끈거렸다. 중요한 일이 있었던 것 같은데 잘 기억나지 않았다.

대신 머릿속을 가득 채운 생각이 있었다. 소희에게 도서관에서 있었던 일을 사과해야 한다는 것이었다. 내가 어떤 오해를 했든 도서실에서 소희의 아빠 이야기를 한 건 내 잘못이었다.

교문을 향해 소희가 걸어왔다. 나는 소희에게 먼저 인사했다. 하지만 소희는 나를 못 본 척 무시하고 지나갔다.

'이대로 나도 가 버리면 안 될까?'

순간 망설여졌다.

그렇지만 어디선가 나를 밀어내는 힘이 느껴졌다.

시간은 되돌릴 수 없다고, 그러니 지금 이 순간이 중요한 거라고 말하는 마음의 소리가 들렸다.

"소희야, 잠깐만. 어제 도서관에서 있었던 일은……."

나는 소희의 팔목을 잡았다. 소희가 눈을 동그랗게 뜨고 나를 돌아봤다.

"오해가 있었어. 미안해."

"……."

"정말 미안해. 시간을 돌릴 수만 있다면 그런 바보 같은 짓은 절대로 안 할 거야."

나는 내 마음속의 목소리를 천천히 꺼냈다. 진심을 전하는 건 부끄러우면서도 뿌듯했다.

"나는 꼭 너랑 다시 친하게 지내고 싶어. 우리는 특별한 친구 잖아."

슬쩍 소희를 쳐다봤다. 소희는 나를 빤히 쳐다보더니 갑자기 눈물을 뚝뚝 흘렸다.

"어제 왜 그랬어. 나 너무 놀랐단 말이야."

나는 팔을 뻗어 소희를 안았다.

"미안해. 정말 미안해."

소희는 어린아이처럼 울었다. 소희의 울음소리가 내 마음 깊숙한 곳까지 파고들어서 어느새 나도 울고 있었다.

빗물과 눈물이 같이 흘러내렸다. 그렇게 흐른 우리의 눈물이 어색했던 마음을 깨끗이 씻겨 주었다.

한참을 울고 난 뒤 소희는 말했다.

"또 그러기만 해 봐. 가만 안 둬!"

하지만 투덜대는 말투와는 다르게 소희의 얼굴은 비 온 뒤 맑게 갠 날씨처럼 환했다. 내 마음도 덩달아 밝아졌다.

우리는 교실에 올라갔다. 소희와 나는 다시 바늘과 실처럼 붙어 다녔다. 쉬는 시간마다 재잘재잘 떠들었다. 평소와 같은 하루가 흘러갔다.

그런데 이상한 게 하나 있었다. 소희와 내가 발걸음을 옮길 때마다 무언가 까끌까끌한 것이 발밑에 밟히는 느낌이 들었던 것이다.

소희의 손을 꼭 잡고 지나온 길을 돌아보자 우리가 남긴 발자국 위로 무언가가 보였다.

손을 뻗어 만져 본 그것은, 아주 작은 자주색 모래알이었다.

우리들의
아지트

"안녕히 계세요!"

여름 방학식이 끝나자마자 교실을 빠져나왔다. 계단을 내려오는 동안, 가방에 든 필통이 달그락거렸다.

"같이 가!"

규린이가 서둘러 내 뒤에 따라붙었다.

"오랜만에 삼총사가 뭉치는 날인데 같이 나가야지!"

나는 규린이와 함께 운동장을 가로질렀다.

평소에는 한낮의 뜨거운 햇살이 싫어서 가장자리로 돌아가던 길이었다. 하지만 오늘은 조금이라도 더 빨리 교문 밖으로 나가고 싶었다.

　서서히 교문과 가까워졌다. 교문 앞에는 통굽 샌들을 신어서
인지 부쩍 키가 커 보이는 신아와 신아의 어머니가 탄 차가 보
였다.

　신아는 우리를 보고는 손가락으로 브이 모양을 만들며 씩 웃
었다.

　"보고 싶었어."

신아가 말했다. 내 마음을 읽기라도 한 것처럼.

그래서 우리는 환상의 삼총사였다.

나, 신아, 규린이. 우리 세 사람이 처음부터 친했던 것은 아니었다. 예쁘고 공부를 잘하는 신아와 날쌔고 수다스러운 규린이, 눈치를 잘 보는 나는 친해지기에는 다른 성격을 갖고 있었다.

실제로 학기 초만 해도 우리는 친하게 지내는 단짝 친구가 따로 있었다. 그런데 단짝들이 하나둘 전학을 갔고, 남은 아이들 중에서 우리 셋은 유난히 마음이 잘 맞았다.

여름 방학을 마치고 돌아오면 전학 간 아이들이 더 많아질 것이다. 아랫집 민진이도, 뒷 동에 사는 경아도, 여름 방학 중에 다른 동네로 이사를 간다고 했다.

아이들이 이렇게 전학을 가는 이유는 우리가 살고 있는 아파트가 재건축을 하기 때문이다.

재건축이란 오래된 아파트를 부수고 새 아파트를 짓는 것이다. 우리가 사는 아파트는 지은 지 40년이 넘었다. 엘리베이터도 없고 계단 천장에서는 자주 물이 샜다. 여러 방향으로 금이 가 있는 벽을 보면 내가 보기에도 아파트를 다시 지을 때가 된 것 같긴 했다.

문제는 학교였다. 다른 학교로 전학 가는 건, 상상만 해도 끔찍했다. 이런 내 마음을 아는지 모르는지 엄마는 새로 이사 갈 집을 찾느라 바빴다.

"재건축하면 집주인들이나 돈 벌지. 우리 같은 세입자는 꼼짝없이 길바닥에 나앉게 생겼어."

어제는 엄마가 이모랑 통화하는 소리가 내 방까지 들렸다. 잘은 모르겠지만 좋은 집으로 이사 가긴 어려운 모양이었다.

'우리 집도 신아네처럼 방이 네 개 있는 아파트로 이사 가면 얼마나 좋을까?'

지금 사는 집은 방이 두 개뿐이어서, 하나는 부모님과 남동생이 같이 쓰고, 다른 하나를 언니랑 내가 같이 썼다.

올해 고등학생이 된 언니는 작년보다 더 예민해졌다. 언니는 "시끄러워."라는 말을 입에 달고 살았다.

더 억울한 건, 엄마와 아빠가 무조건 언니 편이라는 점이었다. 언니와 나 사이에 무슨 일만 생기면 엄마와 아빠는 "동생인 다미가 양보해 주렴." 하고 말했다. 심지어는 내가 잘못한 게 없을 때도 그랬다.

내가 바라는 건 나만의 방을 갖는 것이다. 기분 나는 대로 쿵쿵거리고, 내가 좋아하는 노래를 마음껏 틀고, 답답할 땐 소리도 지를 수 있는 나만의 방.

"더 좁은 집으로 가면 이 짐들은 다 어떡하나 몰라. 막막하다, 정말. 알았어. 언니. 전화 줘서 고마워."

그렇지만 힘없이 전화를 끊던 엄마의 목소리를 생각하면 내 소원은 아마도 이루어지지 않을 것 같았다.

'여기보다 더 좁은 집이라.'

눈앞이 캄캄해졌다. 아파트를 재건축해서 나에게 좋은 일은 하나도 없었다.

신아를 가운데 두고, 나와 규린이는 신아의 양손을 잡았다. 셋이서 손잡고 걸으니까 신아가 전학 간 일이 거짓말처럼 느껴졌다. 짧은 여름 방학을 마치면 신아가 다시 우리 반에 와 있을 것만 같았다.

우리는 다 같이 정지동산에 갔다. 정지동산은 학교를 감싸고 있는 야트막한 언덕인데, 우리는 언덕 중간에 있는 놀이터에 자주 갔다. 놀이터에는 알록달록한 색으로 칠한 철봉과 시소, 그네, 그리고 나무로 지어진 정자가 있었다.

놀이터에는 아무도 없었다. 우리는 가방과 실내화 주머니를 내려놓고 그네를 하나씩 잡아서 탔다.

그네를 제일 잘 타는 건 규린이었다. 규린이는 그네 위에 서서 앞뒤로 몇 번 발을 구르더니 금방 높이 날아올랐다.

"그러고 보니 다미는 언제 이사 가?"

신아가 나를 보며 물었다.

"나는 아직 모르겠어. 규린이는?"

나는 규린이를 쳐다봤다. 그러자 규린이의 그네가 서서히 느려졌다.

규린이는 느려진 그네에 엉덩이를 붙이고 털썩 앉았다.

"나, 사실은 이사 날짜 잡혔어. 다다음 주 금요일이래."

규린이의 대답에 나도 모르게 입이 떡 벌어졌다. 다다음 주 금요일이면 여름 방학 중이었다. 그럼 나는 2학기 개학을 혼자 맞이해야 하는 것이다. 교실에서 외톨이가 되는 것과 다를 게 없었다.

마음에 묵직한 돌덩이 하나가 떨어진 것 같았다. 나는 고개를 푹 숙였다.

"잘됐다. 어디로 가?"

신아의 목소리가 들렸다.

"그게⋯⋯."

규린이는 한참을 우물쭈물했다. 평소의 말 많던 규린이는 어디로 갔는지, 오랫동안 말을 끌었다.

"그러니까……, 아빠 고향인 대구로 내려간대."

"대구?"

"대구는 여기서 엄청 멀지 않아?"

신아와 내가 거의 동시에 그네에서 벌떡 일어났다.

"맞아."

규린이가 힘없이 고개를 숙였다.

바로 그때, 팔 위로 뭔가 차가운 게 톡 떨어졌다. 손가락으로 문질러 보자 물방울이었다.

하늘을 올려다보니 회색빛 구름 사이로 빗방울이 쏟아져 내리는 게 보였다. 투둑투둑. 손가락과 속눈썹 위에도 빗방울이 떨어졌다.

투두두두두둑— 쏴아아아아아—

금세 소나기가 쏟아졌다.

우리는 정신없이 정자 밑으로 뛰어갔다. 갑자기 이렇게 많은 비가 내리는 건 처음 봤다. 서둘렀는데도 머리와 옷이 꽤 젖었다. 중간에 가방과 실내화 주머니를 챙기느라 비를 더 맞기도 했다.

정말 시끄러운 비였다.

주위는 온통 빗소리로 가득 찼다. 특히 정자 지붕에 빗방울이 부딪혀 튕겨 나가는 소리가 요란했다. 얇은 막대로 드럼을 두두 두 치는 소리 같았다. 그 소리 때문에 한참이 지나서야 규린이가 울고 있다는 걸 눈치챘다.

규린이는 소리 없이 울고 있었다. 입을 꾹 다물고 어깨만 들썩이며 울었다. 어느덧 눈과 코가 새빨갰다.

규린이를 보니 나도 눈물이 핑 돌았다. 같은 마음인지 신아의 눈가도 붉게 물들어 있었다.

"너희하고 같이 살았으면 좋겠어! 어디로도 안 가고 계속 다 같이 사는 거야!"

규린이가 갑자기 큰 목소리로 말했다.

그렇지만 나는 하나도 놀라지 않았다. 내 마음도 똑같았기 때문이다.

"나도 그래."

"나도."

우리의 마음이 통한 것인지, 나와 신아는 동시에 규린이를 껴안았다. 규린이는 뒤로 벌러덩 넘어지면서 깔깔깔 웃었다. 울다가 웃으면 안 된다던데 규린이의 웃음소리가 얼마나 우스꽝스러운지, 어느덧 나도, 신아도 울면서 웃고 있었다.

아까만 해도 혼자 남겨진다는 생각에 쓸쓸했는데, 그게 나 혼자만의 생각이 아닌 걸 알게 되니 이상하게 기운이 났다.

'혼자는 외롭지만 셋은 외롭지 않아.'

문득 그런 생각이 들었다.

불현듯 빗줄기가 잦아드는가 싶더니 비가 뚝 그쳤다. 갑자기 내린 비는 갑자기 멈춰야 한다는 듯이.

그렇지만 짧게 내린 비에 그녀와 시소, 철봉은 전부 젖어 버렸다. 우리는 이제 어디로 가서 놀지 이야기를 나누었지만 마땅히 갈 데가 없었다. 우리 집도, 규린이네 집도 안 됐다. 상가에 있던 문방구도 문을 닫았다. 하지만 계속 이렇게 정자에만 있는 건 따분했다.

"그럼 우리 집 가자!"

신아가 말했다.

"나 버스비 없어."

규린이가 주머니를 뒤집으며 말했다.

"아니. '옛날' 우리 집에 가자고!"

"옛날 집? 이사 가기 전에 원래 살던 집을 이야기하는 거야?"

"맞아. 엄마가 저번에 말해 줬는데, 재건축 지역으로 결정되면 모두 이사를 가야 한대. 그 지역으로 이사를 오는 사람도 없고. 그러니 예전에 살던 우리 집은 지금 비어 있을 거야. 문은 비밀번호로 열면 되고. 이제는 아무것도 없는 빈집이지만 같이 있으면 재미있을 거야."

신아가 눈을 빛냈다.

"재밌겠다! 나 빈집엔 한 번도 들어가 본 적 없어!"

규린이가 무릎을 치며 일어났다.

"괜찮을까? 이사 간 지 한 달도 넘었잖아. 지금은 신아네 집도 아니고."

나는 신아와 규린이의 눈치를 보았다.

"괜찮아! 내가 다 책임질게!"

신아가 자신만만하게 소리쳤다.

신아는 평소에는 나긋나긋했지만 한번 마음을 먹으면 쉽게 바꾸지 않았다. 규린이는 벌써 신발을 고쳐 신고 정자 밖으로 나갔다. 나는 이마를 짚으며 둘을 따라갔다.

신아가 살던 집은 정지동산 바로 아래 있었다. 멀리서 보니 신아가 살던 집 창문에 빨간색 스프레이로 가위표를 그려 놓은 게 보였다. 이 집이 이사를 갔다는 뜻이었다.

이것은 비단 신아네 집에만 그려진 게 아니었다. 신아네뿐만

아니라 지금까지 이사를 간 집 창문에는 크고 선명한 가위표가 그려져 있었다. 그래서 멀리서도 어느 집이 이사를 가고, 어느 집이 이사를 가지 않았는지를 볼 수 있었다. 베란다 창문을 훑어보니 세 집 중에 한 집 정도가 이사를 간 상태였다.

신아의 뒤를 따라서 계단을 올라갔다. 이사를 간 사람이 아무렇게나 버리고 간 식탁과 의자가 계단 곳곳을 막고 있었다.

우리는 조심스레 계단을 한 줄로 올라갔다. 신아네 집이 2층이라 다행이었다.

신아가 현관 비밀번호를 눌렀다. 문은 쉽게 열렸다.

"들어가자."

신아의 뒤를 따라 규린이와 내가 차례로 집에 들어갔다.

집 안은 아주 낯설었다. 신아네 집에는 여러 번 와 봤지만, 그때와는 완전히 다른 집 같았다.

우선 집에 가구가 하나도 없었다. 벽지와 장판 곳곳에 무언가 있다가 사라진 흔적만 남아 있었다. 소파 자리에는 소파가 끌려 나간 자국만, 시계가 걸려 있던 곳에는 못만 남았다. 당연한 이야기지만 집을 채우고 있던 물건이 다 없어졌다.

"어, 불이 안 켜져."

신아가 스위치를 왼쪽, 오른쪽으로 번갈아 가면서 눌렀다. 하지만 불은 들어오지 않았다. 낮이었지만 날이 흐린 탓에 집 안이 껌껌했다.

"물도 안 나오네."

화장실에 들어간 규린이가 수도꼭지를 틀며 말했다.

전기와 물은 끊겼고, 집은 텅 비어서 아무것도 없었다. 시간을 보낼 만한 거리가 없었다. 컴퓨터도, 텔레비전도, 하다못해 책마저도 없었다.

"할 게 없는걸."

나는 괜히 비어 있는 방문만 열었다가 닫았다.

"잠깐만. 나한테 좋은 생각이 있어. 우리가 이 집에 잠시 살아 보는 게 어떨까?"

규린이가 손을 번쩍 들며 말했다.

"무슨 뜻이야?"

"말 그대로야. 먼 훗날 얘기지만 우리 다 같이 살기로 했잖아. 지금 그걸 연습 삼아 해 보자는 거지. 이 집이 우리들의 아지트인 거야."

규린이가 활짝 웃으며 말했다.

친구들과 같이 사는 건, 정말로 해 보고 싶은 일이었다. 게다가 아지트라는 말을 들으니 이 집이 더욱 특별한 비밀 장소처럼 느껴졌다.

나는 얼른 대답했다.

"응! 먼저 방을 나누자. 같이 살더라도 방은 따로 써야 하니까."

"그것도 좋네. 여긴 신아네 집이었으니까, 신아는 제일 큰방 써. 다미는 어느 방 쓸래?"

신아네 집에는 방이 세 개 있었다. 나는 안방 맞은편에 있는 방과 현관 앞에 있는 방 중에서 고민하다가, 현관 앞에 있는 방을 골랐다.

그곳이 방의 크기는 더 작았지만 햇빛이 잘 들어오는 방향이었다. 또 작은방이 더 아늑할 것 같았다.

"그럼 나는 안방 맞은편 방을 쓸게. 바닥이 더러울 수 있으니까 앉거나 누울 때는 조심하고!"

멀리서 규린이의 목소리가 들렸다. 신아도 어느새 안방에 들어갔는지, 문 닫히는 소리가 들렸다. 다들 무슨 생각인지는 모르지만 괜스레 기분이 들떴다.

나는 텅 빈방을 둘러보았다.

'여기가 진짜 내 방이라면 어떨까? 내가 꿈꾸던 나만의 방이라면…….'

벽지는 연한 분홍색이면 좋겠다. 바닥에는 하얀색 장판을 깔

120

것이다. 침대는 2층 침대로 할까? 엄마라면 혼자 쓰는 방에 웬 2층 침대냐며 구박하겠지만, 나는 예전부터 2층 침대의 위층에서 자고 싶었다.

창문 쪽으로 머리가 가도록 침대를 두고 그 옆에는 책상을 둘 것이다. 물론 언니와 같이 쓰는 책상이 아닌 나 혼자 쓰는 책상이다. 그러니 조금 지저분해져도 괜찮다. 책상 위에 연필과 지우개, 볼펜이 나뒹굴어도 그대로 둘 것이다.

무엇보다도 내 마음대로 노래를 틀어도 되고, 신나게 춤을 출 수도 있다. 내가 좋아하는 아이돌 가수의 동영상도 숨죽이지 않고 봐도 된다.

이 생각을 하자 당장이라도 노래를 부르고 싶어졌다. 나는 책가방에서 공책을 꺼내 바닥에 두었다. 그리고 노트 위에 휴대폰을 올려 둔 다음 요즘 즐겨 듣는 재생 목록을 틀었다.

휴대폰에서 음악 소리가 작게 새어 나왔다. 집에서 몰래 듣느라 소리를 작게 해 놓은 탓이었다.

나는 소리 크기를 최대로 올리고 노래를 신나게 따라 불렀다. 나중에는 자리에서 일어나 방방 뛰었다.

음악 소리를 듣고 내 방에 온 규린이와 신아도 같이 목이 터져라 노래를 불렀다. 한 다섯 곡쯤 부르자 몸에 힘이 빠졌다.

나는 배가 고파졌다.

"떡볶이 사 올까?"

신아가 말했다. 역시 척하면 척이었다.

"좋아. 근데 점점 더 어두워지는 것 같으니까 나는 집에 가서 손전등 좀 가져올게."

"손전등 챙기면 떡볶이 가게로 와."

우리는 집을 나섰다. 규린이는 규린이네 집으로, 나는 신아와 떡볶이 가게로 갔다. 그런데 떡볶이 가게에 가는 중에 좋은 생각이 났다.

"나도 잠깐 집에 들렀다가 올게. 금방 갈 테니까 먼저 떡볶이 시키고 있어."

나는 서둘러 집으로 뛰어갔다.

"서걱서걱. 보글보글. 다 됐다!"

우리들의 아지트로 돌아오자 규린이가 주방에 서서 요리하는 척을 하더니 떡볶이를 오목한 접시에 담아 왔다. 아기자기한 포크도 같이 가져왔다.

규린이는 집에서 많은 물건을 쇼핑백에 담아 왔다. 접시, 컵, 포크 같은 주방 도구부터 돗자리, 보드게임, 만화책, 연습장, 필기도구까지 쇼핑백에 온갖 잡동사니가 들어 있었다. 우리는 규린이가 가져온 돗자리에 앉아 떡볶이를 먹었다.

"맛있다. 그치?"

"응. 또또분식 떡볶이가 최고야. 이 맛이 얼마나 그리웠는지 몰라."

신아가 어깨를 들썩였다. 규린이도 잠자코 고개를 끄덕였다. 규린이도 곧 이 맛이 그리워질 것이다.

"좋다."

떡볶이를 다 먹은 신아가 돗자리 위에 벌러덩 누웠다.

"난 잠깐만 내 방에 갔다가 올게."

"그래."

나는 자리에서 일어나서 내 방으로 들어갔다. 이 방은 더 이상 비어 있는 것 같지 않았다.

눈을 가늘게 뜨면 보였다. 분홍빛 벽지와 하얀 장판, 2층 침대와 깨끗한 책상이 분명 이 방 안에 있었다. 나는 책상 앞에 섰다.

'잘 보이게 여기가 좋겠어.'

나는 집에서 가져온 브로마이드를 꺼내서 벽에 가져다 대었다. 책상 의자에 앉아서 올려다보기 좋은 위치였다.

브로마이드 네 모서리마다 테이프를 붙여 벽에 고정했다. 그러고는 뒤로 물러나서 브로마이드를 바라봤다. 내가 좋아하는 아이돌의 브로마이드였다. 큼지막한 사진 속에서 내가 좋아하는 아이돌이 환하게 웃고 있었다.

사실 이 브로마이드는 벽에 한 번 붙었다가 떼어진 적이 있었다. 언니 때문이었다.

언니는 브로마이드가 눈에 거슬린다며 당장 떼어 내라고 했다. 이때만큼은 나도 언니에게 지기 싫었다. 그 방은 언니의 방이기도 했지만 내 방이기도 했다. 악을 쓰며 덤볐지만 결국 엄마와 아빠는 언니의 손을 들어주었다.

"언니는 공부하느라 힘들잖니. 동생인 다미가 양보하렴."

그날도 또 이 말로 끝났다.

하지만 이 방은 달랐다. 나무랄 언니도, 엄마도, 아빠도 없었다. 브로마이드 하나 붙였을 뿐인데 방 분위기가 달라졌다.

"와. 여긴 진짜 다미 방이네."

규린이가 문 앞을 지나며 말했다. 그 말을 들으니 더욱 뿌듯해졌다.

다시 거실로 나가자, 신아는 돗자리에 누워 규린이가 가져온 만화책을 읽고 있었다.

규린이는 연습장에 무언가를 적고 있었다. 가까이에서 보니 맨 위에는 '규린이 방'이라는 큰 글씨가, 그 아래는 '들어오기 전, 노크할 것!'이라는 작은 글씨가 적혀 있었다. 빈 공간은 귀여운 캐릭터 그림으로 꾸몄다.

"테이프 좀 빌려줘."

규린이는 연습장을 뜯어 자기 방문에 종이를 붙였다.

"네가 붙인 브로마이드 보고 생각한 거야."

그러고는 나를 보며 씩 웃었다.

우리는 돗자리에 둘러앉아 보드게임을 했다. 돌아가면서 한 번씩 졌다. 한참 신나게 게임을 하고 있는데, 신아의 휴대폰이 울렸다.

"엄마? 또또분식 앞으로 나오라고? 나 좀만 더 놀다가 가면 안 돼?"

나와 규린이는 신아의 통화를 들으며 마음을 졸였다. 그런데 그때 규린이의 휴대폰도 울렸다.

"여보세요? 할머니 댁에 가야 한다고? 나는 안 가면 안 돼?"

시계를 보니 어느덧 오후 6시였다. 평소 같으면 해가 지지 않았겠지만, 오늘은 구름이 잔뜩 낀 날씨라 벌써부터 밖이 어두웠다.

나는 규린이가 가져온 손전등을 얼굴 밑에 가져다 대고는 불을 켰다.

"으악! 깜짝이야! 아니. 별거 아니야. 다미가 장난쳐서."

신아가 전화를 하다가 말고 소리를 질렀다. 나와 규린이는 숨을 죽이며 웃었다.

규린이가 먼저 전화를 끊고, 곧이어 신아가 전화를 끊었다.

"집에 가야 되지?"

내가 묻자 둘은 눈에 띄게 어두워진 얼굴로 "응."이라고 대답했다.

우리는 규린이가 가져온 물건들을 정리했다. 쇼핑백에 비해서 가져온 물건이 너무 많아서 나중에는 억지로 욱여넣어야 했다.

마지막으로, 나는 내 방에 들어가 브로마이드 앞에 가만히 서 있었다. 신아가 등 뒤로 다가와서 물었다.

"이건 안 챙겨?"

나는 눈을 떼지 않고 고개만 끄덕였다.

"응. 이건 여기 거야."

신아도 더 이상 별말을 하지 않았다.

집 밖으로 나온 우리는 나란히 걸었다. 우리 뒤로 세 개의 그림자가 길게 늘어졌다.

이렇게 계속 걸어가면 좋을 텐데, 금방 세 갈래의 갈림길이 나왔다.

"엄마 차가 또또분식 앞에 있다고 해서 난 저쪽이야. 너희 집은 이쪽이랑 그쪽이지?"

신아가 손가락으로 방향을 가리켰다. 나와 규린이는 고개를 끄덕였다.

하필이면 세 명이 가는 길이 각각 달랐다. 조금이라도 더 같이 걸어가면 좋을 텐데 돌아가는 시간을 미룰 수는 없었다.

우리는 세 갈래로 나누어진 길에서 헤어졌다. 인사는 길게 하지 않았다.

"안녕."

"다음에 봐."

"연락할게."

이 말이면 충분했다. 그리고…….

"오늘 정말 재미있었어."

우리를 하나로 묶어 주는 마법 같은 말도 있었다.

"진짜로. 기억에 오래 남을 거야."

신아의 긴 머리가 바람에 흩날렸다. 눈을 가늘게 뜨며 웃는 모습이 사진처럼 마음에 새겨졌다.

"약속한 거 알지? 우리는 나중에 꼭 같이 사는 거다."

규린이가 주먹을 불끈 쥐며 말했다. 장난스러운 건지, 진지한 건지 구분할 수 없는 얼굴이었다.

"우리는 삼총사!"

끝으로 내가 외쳤다.

신아와 규린이는 "삼총사!"라고 따라서 소리쳤다.

집에 돌아오는 길은 유달리 멀었다. 하나밖에 없는 그림자가 눈에 띄었다. 나는 무심코 신아와 규린이를 떠올렸다.

그러자 마음 한구석이 따뜻해졌다. 신아와 규린이도 지금쯤 나를 생각하고 있을 게 분명했다.

'혼자는 외롭지만 셋은 외롭지 않아.'

이 말이 다시금 머릿속에 떠올랐다.

지금의 기분이 어딘가로 날아가지 않도록 눈을 꼭 감았다.

작가의 말

친구의 마음을 헤아리고, 내 마음을 읽는 이야기

여러분은 전학을 가 본 적이 있나요?

저는 초등학교 때 학교를 두 번이나 옮겼답니다. 새로운 학교에 적응하는 일은 쉽지 않았어요. 낯선 건물, 낯선 선생님, 낯선 친구들까지……. 다른 친구들은 하하 호호 즐거운데 혼자만 낯선 섬에 뚝 떨어진 기분이었지요. 예전에 다녔던 학교가 그리워서 하굣길에 눈물을 찔끔 흘린 적도 있었답니다.

하지만 울적한 기분이 오랫동안 이어지지는 않았어요. 새로운 곳에서 새롭게 친해진 친구들 덕분이었지요. 〈어디든 갈 수 있는 길모퉁이 빵집〉에 나오는 승우처럼 자신의 몫으로 나온 후식을 양보해 주고, 도서관과 음악실이 어디인지 안내해 주는 친구들이 있어서 새로운 학교에서도 금세 명랑하게 지낼 수 있었어요.

　그로부터 시간이 흘러, 전학을 다니던 아이였던 저는 학교에서 아이들을 가르치는 선생님이 되었답니다. 예전에는 전학생이었던 제가, 이제는 반에 새롭게 찾아온 전학생을 소개해 주는 선생님이 된 거예요.

　전학 온 친구들이 낯선 교실에 적응하기 어려워하면 저는 이 이야기를 들려주었어요. 그러면 전학 온 친구들도, 또 지금은 같은 교실에 있지만 언젠간 전학을 갈지도 모르는 친구들도 서로의 마음을 헤아릴 수 있었지요.

　이 책에 담긴 다섯 편의 이야기가 여러분의 마음을 읽는 데 도움이 되었으면 좋겠습니다.

　동화 작가 김흰돌